KB055987

세상의 모든 달은 고래가 낳았다

이윤정

경상북도 상주에서 태어났다.
2016년 『세계일보』 신춘문예를 통해 시인으로 등단했다.
시집 『세상의 모든 달은 고래가 낳았다』를 썼다.

파란시선 0103 세상의 모든 달은 고래가 낳았다

1판 1쇄 펴낸날 2022년 8월 31일
지은이 이윤정
디자인 최선영
인쇄인 (주)두경 정지오
펴낸이 채상우
펴낸곳 (주)함께하는출판그룹파란
등록번호 제2015-000068호
등록일자 2015년 9월 15일
주소 (10387) 경기도 고양시 일산서구 중앙로 1455 대우시티프라자 B1 202-1호
전화 031-919-4288
팩스 031-919-4287
모바일팩스 0504-441-3439
이메일 bookparan2015@hanmail.net

ⓒ이윤정, 2022, printed in Seoul, Korea

ISBN 979-11-91897-25-8 03810

값 10,000원

세상의 모든 달은 고래가 낳았다

이윤정 시집

시인의 말

흔들리는 것들은 꽃의 바깥에 있다

밖의 당신은 표정이 없고
나는 안쪽에서 손을 흔든다

잊었던 이름들을 호명하고 있다

차례

제1부

재스민의 세계

이 향기를 꺾어 버릴까

그녀의 향기는 가파르다
골목 모퉁이에서 비명 소리가 들려온다
소리는 끊어질 듯 달려 나온다

나는 튀어나온 소리를 자르고 재채기를 한다
몸 안쪽으로 밀고 들어오는
은밀한 테러에 통증이 번진다
떨어진 향기는 바닥에서 비명을 지른다
습관처럼 향기를 접어 휴지통에 넣는다

찢어진 비명에는 고양이 수염이 숨어 있다
콧속으로 파고드는 간지러움에
알레르기의 기생을 생각했고
문득 비명이 고양이에게로 옮겨 간 것이라 확신했다

재스민에게 가까이 다가간다
눈을 감고 비명과 향기를 구분해 본다
한 번의 입맞춤도 없이

탐구하듯 향기 속을 걷는다

흥분한 재채기는 끝나지 않는다
나는 그것이 재스민이 하는 기침이라 생각한다
색을 버리고 마지막까지 토해 내는 통증들
향기는 자란다 아무리 꺾어도

그녀가 다시 하모니카를 불기 시작한다
재스민에게는 나만 아는 세계가 있다

푸른 숫자의 시간

시간이 해바라기 꽃으로 모여들고 있네 태엽은 쉬지 않고 감기고 있어 자꾸만 닫히는 귀를 열어도 노랗게 시든 말은 둥근 시계탑 아래로 떨어지고 있지 광장을 뛰어다니는 아이들은 키가 쑥쑥 자라고 노란 얼굴들은 분홍 뺨을 가지고 싶어 해 담장 너머를 기웃거리던 시계는 빛의 타래를 감고 있어 초침은 푸른 숫자를 세며 여물어 갔지 노랗게 물드는 시간은 고흐가 귀를 자른 시간, 여름은 부엽처럼 떠돌고 있어 무수한 빗소리들만 흘러들고 있는데 귀는 어디쯤에서 듣고 있을까

헝클어진 머리카락 사이에도 시간의 은신처가 있지 분침은 멈춰 있고 시침 없는 시간은 모두 불현듯 혹은 어느새라는 말 속에 숨어 있지 씨앗에 째깍거리는 소리가 얼마나 들어 있는지 들어 볼래 자꾸 입에 넣어 오물거리지 말고 이 까만 씨앗으로 몰려드는 시간들을 좀 보니까 시간을 가득 채운 꽃들은 정원을 떠나고 있어 가벼운 무게로 서 있는 공중의 시간들 밤의 숫자를 다 채운 둥근 시계탑은 종소리를 울리지 않아 아침마다 찾아오는 새들의 안부가 추를 흔들 뿐이지 반복적인 것들은 웃음이 없지만 고개를 한번 돌려 봐 찰칵, 숫자의 시간들이 푸른 행성을

돌리는 것 보이지 나는 태엽을 감으며 붕붕거리는 날개를
자꾸만 뒤로 돌리고 싶었어

모자는 우산을 써 본 적 없다

모자는 만년필을 써 본 적 없습니다
우산은 가방을 읽어 본 적 없습니다

머리카락이 길어지는 걸 모르는 어깨는
구름을 모르고 쌓인 감정을 풀어내지 못합니다
아직 생각할 여지는 있어 작은 날개 하나 달아 봅니다
바닥엔 한 척의 배가 떠 있지만 가야 할 길은 아닙니다
오르는 것들이 다 정상을 향하는 거라 말할 수 없는
꽃은 향기를 버렸습니다

구름이 이정표일 수 있고 동고비가 나침판일 수 있듯이
날아다니는 것들은 모두 제 본분에 적응하지 못합니다

그래서 그들은 노래가 아닙니다
존재를 모르는 의자는 날마다 그림자를 지웁니다
기억하지 못하는 것을 기억하려고 발버둥 치지 않기로
합니다
중심은 어디에나 있기 때문에 문은 사방으로 열립니다

방향을 정하지 못한 사람들은 떨어지는 빗방울을 만지

지 못하고
  모가지 꺾는 꽃의 노래를 듣지 못합니다
  당신은 내 얼굴을 그려 본 적 없고 나는 당신을 읽어
본 적 없기에
  만년필은 모자에 대해 애도하지 않습니다

  가방은 우산을 이해하지 않기에 어제의 시간과 이별합
니다
  당신의 만년필과 가방도 우아해졌습니까

라일락과 한철

라일락 앞에 서 있다
이렇게 당신을 본다는 것이 꿈은 아닐까 생각하다가
꽃의 말을 듣느라 밤이 늦은 줄도 모르고
소곤거리는 저 말 다 듣느라 창을 닫지 못했다

내가 건넨 말을 버리고 떠난 당신을 생각하는 밤은 짧고
라일락이라는 말을 반복하면
고요가 깨지고 잊고 있던 얼굴이 걸어 나온다
당신 말에는 향기가 났고 우리는 그 밤을 떠나지 않았다
바람에 날리는 꽃무늬 원피스에서
이야기는 끊임없이 흘러나왔다

그해 봄은 어디쯤에서 멈출 것인지
예측할 수 없는 날을 흘려보냈다

원피스가 오래되어 낡았을 거라는 생각은 잘못 되었다
꽃을 본다
이렇게 꽃의 말을 다 들어준다
그 말은 빛과 같아서 사그라지면 언제 다시 올지 모를
이야기를 듣는다

당신을 놓지 못하고 듣는다

오래전 보았던 얼굴이 내 앞에서 웃고 있는
처음 보는 꽃이 내 앞에 서 있다
나는 당신을 보내지 않았다

불룩한 체류

뛰기 시작하면서 황소를 닮아 발음할 수 없는 저 울음들
지구의 반을 넘어와 이곳까지 흘러들었다

진화의 습성보다 사육에 길든 습관은 스스로 울음을 가
두며 비대해져 갔다

사육을 뛰쳐나온 불룩한 소리는 입안 가득
울음을 채우고 허기를 씹으며 불안을 되새김질하곤 했
다

불안을 달래는 유일한 방법은
휘어지는 물그림자를 머리부터 삼키는 것
폭식이 몸을 부풀리고 아무리 씹어도 불안의 싹은 자꾸
만 돌아난다

낯빛이 두려워지고 뜀박질이 거북해지는
한 치 앞 웅덩이엔 울음으로 옭아맨 실족이 숨어 있다

집요한 눈빛이 소리의 주파수를 쫓으면
그물을 피해 소리를 끊고 달아나는 발자국은 필사적

이다
　불룩한 도피는 점점 더 깊숙한 곳으로 숨어든다

　기한을 넘기고 숨어든 변두리엔 물갈퀴 달린 발들이 잠
수 중이다

　어둑한 연못 저편
　비대칭의 황소개구리 울음소리를 키웠던 사육장엔 공
장 불빛이 흔들린다

　어느 밤 울타리를 뛰쳐나온 불룩한 체류들이
　빽빽한 기계 소리 사이로 숨어들고 있다

가시

여름 소낙비 따라 길이 돋아나고
참새처럼 날아오른 촉각은 화끈거리는 점 하나 찍어 놓
았다

날카로운 끝은 날아가 버리고
날아 본 적 없는 붉은 색깔을 찾아
그 작고 뾰족한 것으로 두리번거렸을 부리

인적 드문 길에 종종걸음으로 나 있는 꽃대
경계를 넘어온 바람과 부딪힐 때
만조에 든 엉겅퀴는 붉다

모든 존재는 바깥을 향해 출구를 만들고
햇빛은 안쪽으로 길을 만든다

휘어 본 적 없는 저 생애는
마디마다 붉은 지문 새겨 놓고
한 계절을 무너뜨리며 폐해가 되어 가는 것을 알고 있
을까

늦가을이 폐허처럼 서 있는 들판으로
한 번도 가 본 적 없는 길이 저물고
길을 믿고 간 곳에 꼿꼿한 전염의 한때가 몰려 있다

숲을 헤치지 않아도
손을 돌보지 않아도
몰래 박혀 화끈거리는 부리가 있다

따끔거리는 일들은 그래서 남의 것이 아니다

잠겨 있는 신발

한 뼘 그늘이 무거워
신발 속으로 떨어지는 꽃송이
밖에서 보면 문을 잠그고 있는 자물통 같다

주인은 마당을 지나 대문 밖으로 나간 듯
초여름 햇빛 속을 가로지른 발자국 방향은 휘어져 있다

담장 안 매화나무는 어느 안부를 대필하는지
풀기 묻은 필체가 허공에 가득하다

말라 가는 입속엔 몇 끼의 절식이 물려 있었을까
닫힌 자리마다 그늘이 앙상하고
짧은 볕들이 들여다보며 써 놓은 사연은 맨발이다

툭 던져 놓고 간 구겨진 말이 들어 있는 행갈이마다
바람 부는 틈을 밑줄로 삼았는지
당부의 목록엔 마침표가 누르고 있다

문밖으로 나온 과실나무 목록들
나뭇가지 그늘에 엉켜 흔들리는데

봉투 속으로 들어간 몇 줄 문장은
스스로 문 열어 놓고 날아갈 방향을 만들고 있다

더 이상 간섭할 것 없는 계절이다

한 몸이면서도 서로 다른 생을 가늠한 상심들
꽃송이가 옆의 송이로 제 얼굴을 삼듯
여름의 시큼한 결실이 여름에 떨어진다

붕붕거리던 조문이 사라지고
한철 그림자도 떠난 자리

누군가 문고리를 풀어 잠겨 있는 신발 한 켤레 조용히
수습해 간다

풍등(風燈)

0.1룩스의 불빛을 달고 날아가는 꽃씨 등엔 바람 상표가 붙어 있다 흩어진 씨앗들은 바람 타는 기술을 익히고 들판에 내려앉아 재빠르게 몸을 숨겨야 했다 겨울 한 페이지가 서서히 풀어질 때쯤 바닥에 붙은 이파리 광배를 딛고 길이 생겨난다 너무 가볍고 휩쓸리는 정착이어서 흔들리는 기둥을 세우고 흐르는 전류는 꽃송이마다 빛을 내다 걸었다

한 점 불빛을 켜고 떠돌다 앉은 무허가 공터는 지금 이사 철이다 점점의 불빛 등을 켜고 낯선 들판으로 떠밀리다 낙하하는 지점에 낮은 지붕을 세운다 이삿짐은 바람 앞에서 생각에 잠겨 있다 단칸방 짐은 전입할 주소지가 없어 구르는 바퀴에서 흔들린다 꽃밭을 가져 보지 못한 꽃 풍향은 꽃들에게 가서 소멸하고 뿌리는 발 디딜 한 뼘 바닥을 찾는다

고층 아파트는 구름의 분류에 속하고 떠다니는 것들의 도착지는 바람이 부는 쪽이다 낮은 바람에 혼자 떠도는 꽃씨에겐 문패도 초인종도 없다 불빛이 꺼지면 어디로든 날아갈 준비를 하는 작은 몸 지하 단칸방으로 스며드는 가

벼운 사람들 웃음이 닮은 가족은 꽃송이 바깥에 발을 내
놓고도 노란 꿈을 꾼다

집착

나팔 소리는 나팔 밖을 흠모한다
소리가 나팔을 거부할 때 그 울림은 동굴처럼 깊다
나팔 안에는 소리를 가두려는 손이 있다
말은 부풀어 새벽안개처럼 어둠을 덮는다
나팔이 소리를 내다 버릴 때 나팔은 온몸으로 나팔
손가락으로 나팔 입을 막으면
소리는 우르르 밖으로 달려 나간다

나팔이 나팔을 밀어낸다
나팔을 거부한 소리가 밤하늘로 퍼져 나갔다
누군가에게 전해 주지 못한 한 장의 편지
밤하늘을 떠돌던 소리가 우체통을 기웃거린다

우체통 곁을 지날 때 나는 나팔꽃의 안쪽
꽃이 머리에 쌓이고 꽃이 잡념을 다독이고
나팔꽃이 하늘을 들어 올릴 때도 나는 꽃의 안쪽
밖의 그가 나를 당길 때 순간, 나는 안과 밖을 오간다
꽃 안쪽의 나는 표정이 있고 밖의 그는 표정이 없다

흔들리는 것들은 꽃의 밖에 있다

사람들은 꽃 안에서 걸어가고
꽃끼리 부딪힐 때도 나는 꽃 안쪽의 손을 흔든다
나팔 또는 꽃이 서로를 견제하고 등을 보일 때 나팔꽃은
내 눈동자 밖에서 머리를 조아리고 소리를 낸다
떠들썩한 소란이 바닥으로 가라앉을 때까지
가라앉은 물음이 흩어질 때까지
나는 나팔꽃의 안쪽
적시는 것을 밀어내고 젖게 하는 것을 용서하는 순간
에도
나는 꽃의 안쪽에 있다

담장 위의 산책

누군가 부르는 소리에
담장 안의 꽃들은 담장을 넘어가고 싶어 했다

파란 대문의 우편 투입구로 휘파람 소리가 꽂히면 목
이 길고 줄기를 갖고 있는 꽃들은 부주의하게 담장 위를
걸었다

담장을 따라 산책하던 머리만 있던 애인들

장미 넝쿨이 담장의 습관을 갖기 시작하고 언니에게는
바깥이 생기기 시작했다

언니의 뾰족한 말끝에서 붉은 꽃이 피었다 짧은 치마가
걸리던 빨랫줄 아래로 각자의 방들이 견고해지고 자전거
벨 소리는 휘파람을 닮아 갔다

깨진 유리병 조각이 촘촘히 박힌 담장을 따라 깨진 별들
이 머물다 가곤 했다

담장 너머를 바라보던 붉은 꽃의 귀가는 밤이 늦었다

저녁의 뒷바퀴가 굴러가고 어두운 뒷자리엔
바람 허리를 닮은 손잡이가 있었다

자전거 바퀴 소리가 골목을 돌아 나오고
장미꽃이 바닥으로 떨어지면 문신처럼 오래 지워지지
않았다
한동안 언니는 빈 꽃 냄새였다

점점 낮아져 가는 담장의 허리

가시넝쿨이 달려 나가던 담장 위를 고양이가 걸어간다
낡아 가는 절벽을 가볍게 오르고 있다

누군가 가끔 녹슨 우편 투입구로 마당 안쪽을 들여다
보고 간다

불신의 무늬

얼룩은 얼룩을 오해한다
파랑에 파랑 꽃 피는 것을 오해하고
낯빛 다른 것끼리 섞이다 말라 가는 눈물을 오해한다
스며드는 건 혼자가 아니다
흩어지는 얼굴은 가만히 보면 하나가 되려는 얼굴이다
얼룩은 입에 돋는 가시를 오해하고
받침 떨어진 그의 언어를 오해하고
진실로부터 멀어지려는 몸짓을 오해한다
얼룩과 입술의 차가움은 서로 닮아 있다
닮아 가는 손짓을 오해하는 얼룩도 있다

얼굴 맞대고 생각하는 동안 얼룩은 뒷덜미로 옮겨 앉
는다
붙어 있는 등이 가렵다

얼룩이 얼룩을 이해할 때
그림자는 지워져 간다
햇빛 속 빛바랜 얼굴로 앉아 나는 어제를 이해한다
어깨에 얹힌 손이 나누지 못한 악수를 이해할까
자세를 바꾸어 그의 등을 긁는다

그의 목소리는 뒷덜미에서 더 화사하다
얼룩을 이해할 때 목소리는 다정하다
나는 책 속으로 들어가 물기를 지운다
불필요한 말이 삭제되고 하나가 된다
나는 얼룩져 단단해진 그의 문장이 되어 나온다

포물선

날아가는 것들은 기류나 방향이라는 말을 알고 있는 게 분명하다 던지는 곳보다 낮거나 높은 착지에서 발생하는 질량은 날아가는 무게와 던져진 말의 온도로 생성된다 한쪽의 질문으로 출발해서 양쪽의 대답이 될 수도 있는 무심코 던진 말은 풀숲까지 날아간다 내가 찾을 수 없는 말은 풀숲에서 배웠다

투수의 손끝을 떠난 표정과 속도가 손바닥에 들어오는 순간 구위를 읽어 낸 포수는 손안에서 출발점을 고르지도 않고 공을 꺼낸다 날아가는 동안 속도를 버리고 무게를 가지는 기류 저항을 밀며 날던 무게가 거리 좁힐 수 없을 때 감정은 직선 상태로 놓인다

빠르게 지나가는 것들에서 쉭쉭거리는 가쁜 숨소리가 난다 심장은 언제부터 이렇게 빠르게 날아가는 중이었는지 그럴수록 너무 먼 곳의 감정들을 선체험하는 것은 아닌지…… 내려앉으면 동점의 족적을 가지는 것들은 드러나지 않는 수직 경사가 숨겨져 있다 기류를 읽으며 날아가는 거리는 질문에 따라 착지점이 바뀌는 걸 이미 알고 있을 것이다

일정한 동선을 비행하다 줄어든 속도를 내려놓은 곳 산등성이 무덤으로 흘러든 유순한 각도의 포물선이 있다 처음 던져진 곳으로 되돌아가는 거리는 이쪽과 저쪽이 연결된 대칭

무심코 던진 것들이 날아갈 수밖에 없는 자세엔 늘 자만한 곡선이 붙어 있다 나의 질문이 날아가 정확한 자리에 착지할 때 당신의 응답은 어떤 선으로 이어질까 여름밤 누군가 던진 물음에 답하는 별자리가 포물선을 그리며 날아가고 있다

그녀들의 복화술

한 발자국 앞이 길이라고 한다면 유리창을 밀고 나가 걸어 보고 싶다 모퉁이가 많은 골목길이거나 둘이 팔짱 끼고 외출을 꿈꾸는 것이 사치는 아닐 텐데 외출복을 입은 채 오래 서 있었다

구부러지지 않는 무릎은 차라리 관절염이라도 앓고 싶어 다소곳이 앉은 자세는 기울어진 지구의 한 축 같아 외출 한번 못해 보고 늙어 가는 입술은 창백해서 자라지 않는 손톱에 빨간 매니큐어를 발랐지 유리창 너머는 모두가 동경의 대상이래 최신 유행의 등산복을 입고 배낭과 모자 쓴 여자는 산을 한번 오르는 게 꿈이래 서로의 그림자를 밟아 오르는 길이 피곤해도 오른 적 없는 산을 향해 빈 심장에 인공 펌프라도 달고 싶어

이 지루한 곳을 벗어날까
안락한 자세는 언제 끝이 날까

발아래 떨어지는 말은 계절로 쌓이고 새로운 낮빛으로 유행을 맞는 여자는 하얀 피부를 가졌다 지나는 행인들 눈에 선택된다고 해도 그것은 몸에 걸쳐진 옷일 뿐 아무도

읽어 내지 못하는 그녀들의 복화술엔 비싼 가격표가 붙어
있다 흐트러짐 없는 수다들이 다리를 타고 오르고 표정 없
이 구부러지는 말들

　어느 밤 통증의 마디를 접고 또 다른 계절의 신상품을
입은 채
　화려한 외출을 꿈꾸는 여자들의 수다에 행인들 눈빛
이 머문다

오늘의 나이

둥근 판을 돌리면 흰 구름이 몰려왔지
뭉쳐지는 것에는 자잘한 주머니가 달려 있어
잔뜩 부풀어 오르면 떠들썩한 분위기가 만들어지는 거
지
그때 고깔모자를 쓴 오늘의 주인공은
둥둥 구름 타는 기분을 느끼게 될 거야

곧 드러날 비밀을 말아 넣고 있는 휘파람
빠른 회전지문으로 나이를 지우며 가는 손끝에
양떼구름이 적당히 섞인 오늘 날씨는 화창함

웃음의 등을 타고 오르던 박수 소리가
푹신한 구름으로 하얗게 익어 간다
구름을 놓고 둘러앉은 탁자 위
입을 모은 사람들이 한목소리로 부르는 이름엔 새 나이
가 있다

배 속으로 다시 들어간 태몽처럼 시럽에 녹아드는 시간
이 몽롱해지고
뾰족모자를 들추고 나온 얼굴이 케이크를 먹는다

여름을 건너올 때마다 나무는 나이테 떨어지는 소리를
듣는다고 한다

마주 앉아 웃는 포크들
둥근 테이블 위로 가장 맛있는 구름이 흘러내리는 저
녁엔
입술에 묻은 구름은 닦지 않아도 되는 날
고깔모자를 쓴 저녁 속으로
나는 나이를 훅 불어 끈다

변심과 변신 사이

여름은 무죄의 계절
꽃의 색깔은 변심이 아닌 변신
벌과 나비와 새들의 식성을 알게 된 후 변신은 시작된다

파랑에서 분홍으로
분홍에서 희디흰 욕망을 감추지 않는 저 천진난만들

저들에게 본능과 욕망의 강좌를 맡겨도 좋다
색깔을 나누거나 무리를 이루지 않는 혼자만의 즐거움
다만 봄과 여름을 지나서 가을 겨울에는 편협함을 감
춘다

그건 변온의 과정 그러므로
계절에게 변심과 번짐의 강좌를 부탁해 볼까

여름은 그 속에 맛을 숨겨 두고 들키는 재미로 덥지만
속을 감추고 얼굴을 건네는 손은 간지럽다
변신하는 것들은 어딘가에 눈을 숨겨 두고
달달한 타인을 쫓기도 한다

번져서 남아도는 표정들은 무죄라고
오해를 만드는 것은 눈길이 미치지 못하는 구역이다

벌과 나비와 새들의 식성으로 여름 색이 변하고 있다

누군가를 찾아 모두 떠난
여름이 흘리고 간 자리마다
지워지지 않는 색이 촘촘히 박혀 있다

제2부

흠모

나는 저 모란을 작약이라고 모함한다
희극이거나 비극이거나
이것은 당신을 얻기 위한 나만의 방식
과감하게 동정을 구걸하는 일

모함 외엔 달콤함을 얻을 수 없어
상실을 뿌리에 묻고 그 테두리를 빙빙 돌았다
그림자가 커질수록 뿌리는 깊어져 갔고
가슴 한쪽이 너무 붉어 꽃잎은 와르르 떨어져 내린다

저녁이 분신하고 모란은 침묵한다
나는 모란을 포기할 수 없다
모란 말고는 아무것도 없다
눈은 모란을 향해 있고
그 이름 부를 때마다 꽃은 붉게 피어난다

모함은 사랑과 같은 말
당신에게 동의는 구하지 않겠어
침묵으로 전하는 답장은 쉽게 모란을 떠나지 못하고

모란에서 모함을 거두는 것은
향기에서 달콤함을 취하는 것보다 더 어려운 일
모란 모란을 자꾸 부르다 보면
모락모락 피어나는 흠모의 입술이 자라고
어느 날 아차 하면 나는 저 모란을 꺾을 수 있다
비극이거나 희극이거나

타크나 흰 구름

타크나 흰 구름에는 떠나는 사람과 돌아오는 사람이 있
다
배웅이 있고 마중이 있고
웅크린 사람과 가방 든 남자의 기차역 전광판이 있다
전광판엔 출발보다 도착이 받침 빠진 말이
받침 없는 말에는 돌아오지 않는 얼굴이 있다가 사라
진다

흰 구름에는 뿌리내리지 못한 것들의
처음과 끝이 연결되어
자정을 향해 흩어지는 구두들
구두를 따라가는 눈 속에는 방이 드러나고
방에는 따뜻한 아랫목, 아랫목에는 아이들 웃음소리
몰래 흘리는 눈물과 뜨거운 맹세가 흐른다

지금 바라보는 저 타크나 흰 구름은 출구와 입구가 함
께 있다
모자 쓴 노인과 의자를 잠재우는 형광등 불빛
그 아래 휴지통에 날짜 지난 기차표가 버려져 있다

내일로 가는 우리들 그리움도 잠 못 들어
나무와 새소리 새벽의 눈부신 햇살이 반짝이고
어제의 너와 내일의 내가 손을 잡고 있다
새로운 출발이 나의 타크나에서 돌아오고 있다

우린 흘러간 다음에 서로 흔적을 지워 주는 사이라서
지우지 않아도 지워지는 얼굴로
지워져도 서로 알아보는 눈으로
뭉치고 흩어지고 떠돌다 그렇게 너의 일기에서 다시 만
나리

지우기에 대한 몇 가지 예

1. 블라인드

줄을 당기면 가로무늬들이 흘러내려 가려지는 이야기
정말로 심각한 내용들은 드러나지 않는다 마음에 썼다는
말은 지우지 말라는 말과 같아 퍼즐을 맞추다 보면 비는
조각이 있지 그 빈 공간이나 혹은 조각들은 분명 지우개가
되었을 것이다 당신이 손바닥으로 가린 얼굴은 손가락 사
이로 지워 버리고 흔들리는 얼굴 따위는 닦아 버리겠다는
뜻이 아닌지 궁금증만 남기려고 가려 버렸어

2. 화이트 덧칠

부담스런 시선을 피하고 싶었어 어쩌면 내가 지운 건 검
은 색깔일 뿐이야 검은 표정과 섞이기 싫었어 네가 지나간
길은 알았지만 이미 지나간 길이라 표시하고 싶었어 우리
의 담벼락은 너무 낡았어 익명은 친절하고 덧칠은 고약했
지 쌍방이든 단방향이든 어느 한쪽은 분명 지워질 것이라
는 것을 난 이미 알고 있었어

3. 회오리 구름

까맣게 지워 버리고 싶어 뭉쳐진 것들 처음과 끝을 알 수 없이 희미한 문장은 이미 휘어진 길을 돌아갔다 구겨지고 엉킨 구름은 소나기가 되어 사라지고 나는 뭉친 실타래를 푼다 처음과 끝을 구분할 수 없이 엉킨 것들은 쉽사리 속을 보여 주지 않는다 속을 드러내지 않는 회오리바람을 기다리며 나는 하얀 도화지에 회오리 구름만 자꾸 그리고 있다

4. 스페이스 키

발에 딱 맞는 구두의 부피를 셈한다 실수로 키를 누르는 순간 조금 전까지 만들어지던 구두는 사라진다 난 발에 꼭 맞는 구두를 가진 적이 없어져 버렸다 뾰족한 굽을 버리고 다시 발가락의 둘레를 그린다 골조를 세우고 발을 감싸는 박음질 혼자만 아는 주도면밀함으로 굽을 붙인다 마침내 완성되는 한 켤레 그런데 사라진 구두는 되돌리기에 저장되어 있을까

어떤 너머

너머라는 말을 타 넘고
꽃이 피고 봄이 뒤따라왔다

너머라는 말은
청춘의 금기어였다
청춘은 재빠른 물살 같아서
어떤 돌 틈에도 스며들었다

너머는
높은 곳을 지나야 나타나는 곳이었고
뒤꿈치를 들어야 하는 곳이었다

안과 바깥은 담장을 사이에 두고 궁금해했다

이쪽이라는 말은
저쪽을 설명하기 딱 알맞은 거리이고
저쪽의 손잡이는 이쪽으로 넘어오기 위해
흔들리는 말에 붙어 있다

높이뛰기 선수가 넘으려 했던

그 공중의 선 같은 도움닫기하는 말

오라는 손짓 혹은 가라는 손짓은
너무 멀어서 분간하기 어렵고
의지란 딱 그만큼
청춘이 서로 기대고 있는 말이다

희끗희끗한 머리카락 너머
여름 장대비를 다 맞고 서 있는 그림자 하나

너머라는 말을 확대하고 오래 들여다본다

손을 넣었다

유리창 너머 눈감은 얼굴을 만진다
무표정이 만져지고 온기 사라진 냉기만 묻어 나왔다

닫힌 입술과 열리지 않는 눈을 토닥이며
그 얼굴에 화장을 한다
외면이 묻은 손가락으로 눈썹을 그리고
경직된 주름을 푼다

손이 손을 만난 기분으로 얼굴을 어루만진다
눈뜨고 다시 웃을 것만 같은 입술에 연분홍 웃음을 바
른다
감은 눈을 덮어 주듯
새털 방향의 눈썹을 그려 주었다

처음으로 타인에게 뺨을 맞았을 때
엄마의 손이 더 욱신거렸을 거야

캄캄한 손을 알아볼 수 있는 유일한 곳이 얼굴이라는데
온기 없는 얼굴에 두 손 벗어 놓고 내 얼굴을 돌린다

엄마의 오른손이 묻어 있는 내 왼쪽 뺨
내 두 손을 눈감은 얼굴에 주고
나는 손도 없이 울었다

꽃을 위한 이해

모든 오해는 사실 꽃들에게서 나왔다
슬픔과 기쁨 같은 감정들에겐
상징의 꽃들이 있어 말이 없어도 꽃밭들은 비좁다

세상의 모든 꽃들은 감탄사의 속도로 떠나간다
선택하지 못한 감정에게 위안이 되어 줄 뿐
어떤 환영사도 고별사도
꽃들에게 의중을 물으면
꽃은 제각각의 시취(尸臭)를 뿜으며 무덤덤하다

마음을 열어 꽃 피우는 일은
한 점에서 시작된 일생
계절을 지나 주어진 생애를 실천하고
휘발성 향기를 날리는 것으로 제 존재를 남긴다

소나기 지나간 뒤
여름꽃들이 옷을 말린다
말라 가는 꽃들은 새로운 표정을 안고 내년으로
꽃말을 실어 나르는 중이다

꺾이는 순간 표정을 포장하는 꽃
꽃말을 앞세워 손을 내밀고 서로를 어루만지고
우리는 그것을 이해하려는 듯 고개를 끄덕인다
꽃을 오해하는 사람들은
떠나보낸 후에 비로소 고백을 해 보지만
늦은 후회를 받아 줄 손이 없어 쓸쓸하다

스스로를 위로하며 계절 속으로 들어간 꽃에는 눈물이
없다

인화된 호흡

체온이 빠져나간 흔적은 실금으로 접힌
호흡 사라진 사진 한 장
관 위로 덮인 그늘이 경직된 채
빛은 그늘을 피해 나간 듯 보이지 않는다

죽음은 치밀하고 팽팽하게 봉합되어 있다
칼날이 잠복했다 아무도 모르게 빠져나갈 때 허우적거
렸을 속도는 모든 통로의 방향을 닫아 놓았다

사인은 늘 마지막까지 죽음 곁을 지키고 있다

옮겨 다니는 죽음 부위로 날카로운 것들의 본성은 스스
로 들어갈 틈을 찾고 그 틈에 숨어 바깥을 내다보는 날 선
눈이 있다

혈이 속도를 멈추기까지 안간힘으로
한동안의 떨림으로 시간을 잡고 있었을 호흡은
결국 주위와 같은 온도로 남아 그 주변이 되고 있다

틈을 옮겨 다니는 부위로 모든 고통과 신음이 드나들고

있다
　소름은 틈이 생기는 순간 빠져나가고
　마지막까지 남은 사인은 틈을 두고 대치 중이다

　그늘마저 떠난 자리
　죽음을 가두어 두려는 흰 구름 한 뭉치가 몸의 구멍들
을 막는다

풍장

한낮 측백나무는 덥고
비스듬히 새어 나온 그늘은 문이다
창문이 덜컹거리기 좋은 서쪽으로
나무와 나무 사이 그물을 던져 놓고
바람은 수의를 짜고 있다

촘촘한 무늬들은 다 빠져나가고 무늬가 되지 못한 것들
만 걸려 말라 간다

비행 기록이 접혀 있는 밀잠자리 날개로 바람이 다녀
간다
바람은 날개 끝으로 옮겨 가고
측백나무 창문이 서풍으로 기우뚱거린다

잠시 그림자가 머뭇거리는 것을 본다
거미줄에 걸린 바람을 다 흔들어도 채 한 그루도 안 될
것이다

수런거리던 것들이 손을 놓고 숲으로 드는 시간
붕붕거리던 호흡은 다 날아가고 느린 풍장이 시작되고

있다
　움직임 사라진 무늬들 파닥거리는 몸으로 어두워진다

　바짝 마른 소리에 돌돌 감기고 있는 오후
　그늘을 당겨 저녁에 드는 풍장터

　한 호흡을 잘라먹은 측백나무는 푸른 가지를 한 뼘 더
키웠다

　햇살이 빠져나간 그물
　바람을 품었던 날개에서 시맥의 바람이 다 빠져나가고
　빈 껍질은 점액질의 수의를 입고 흔들린다

일식

언제부턴가 우물을 들여다보던 얼굴이 사라졌다
아이를 떠올릴 때마다
물비린내 묻은 저녁이 들어차고
물에서 자란 귀는 지느러미 사이에서 이명을 앓았다

달의 공전주기를 배우는 동안 말끝에선 푸른 이끼가
자랐다
목마른 아이가 던진 말은 수심을 돌아
낙차가 긴 메아리로 되돌아왔다
멀미 가득한 얼굴이 허리를 펴고 점점 자라난다

난간에는 언제나 물기가 가득했고
두레박을 던졌다 들어 올리면 탈피된 얼굴이 흘러넘
쳤다
아이를 찾아 우물로 들어갔을 때
달이 얼굴을 가리고 있었다
차도르를 두르고 모래언덕을 내려오는
아이의 눈동자에 찰랑거리는 우물이 보인다

누군가를 오래 기다린 얼굴엔 출렁거림이 묻어 있고

주름진 계곡이 생겨났다

아무도 찾지 않는 복개된 우물은 캄캄한 일식 중이다

애매한 기억

손끝과 계단 사이에 경계가 있다
표정이 지워지고 마중이 사라진 자리에서
밀려 나오는 것들은 굳어 버린 질문들
발자국 소리가 경계를 넘어 올라온다

계단을 문지르면 벽의 모서리가 흔들리고
저장할 수 없는 암호들이 튀어나온다
계단 사이에서 상형문자를 해독한다
겉과 다른 속을 접목하면
우리의 엇갈린 걸음에 벽이 눕는다

당신이 보낸 기호를 받아들고 초인종을 누른다
누군가 학습하지 못하고 버려둔 기억이 붙어 있는 모
서리
그림자를 지우면 새로운 얼굴이 보일까
눈 속에 뿌리내린 것들은 길을 잘 찾는다는데
누를 때마다 나무가 지나가고
당신은 멀어지고 저녁은 열리지 않고

봉인된 입에서 소리가 빠져나가면 헤어질 시간

계단은 뾰족하게 내장된 소리를 토해 낸다
경계 너머에도 꽃이 피고 새가 날겠지
비밀을 숨긴 표정은 언제나 정중하지만
예의 바른 자세에는 오늘은 지워지고 내일만 있다

어제 계단 아래로 내려간 그림자가 돌아오지 않는다

말랑말랑한 질문

구름은 낱장의 형상으로 언제든지 날아갈 준비를 하고
있다

흐릿한 저기압 한 장을 찢어 흔들어 보면
쥐고 있던 몇 그램의 부피가 팽창하다 터진 사이로
궁금한 질문이 쏟아진다
그물을 쳐 놓고 기다리는 동안 발 헛딛은 새들은 잡았
지만
그건 잘 찢어지는 종이였을 뿐
마음에 얹을 만한 온전한 식별이 아니다

아이스크림을 물고 아이들이 몰려온다
온몸이 회오리여서 날아갈 듯하다
아이들 몸에서 제일 작은 부위는 새를 닮은 발자국
그물에 걸린 새들을 뒤집어 보면
날아가던 시간이 뭉쳐 있는 걸 볼 수 있다

구름이 질문에 대한 답을 쓴다
고래가 삼킨 고기 떼의 무게와
낙타 등에 담긴 태양의 온도에 대해

사막을 건너온 바람의 이동 거리가 드러난다

아이들이 던진 말랑한 질문들이 풀어진다
대답은 느릿느릿 산을 넘어오고
파릇하게 돋는 낱장의 잎은 뭉쳐져 바람이 된다

갸우뚱거렸던 표정들이 찾아간 곳곳마다
리트머스 용지들이 흐릿하게 떠 있다
구름의 속살에서 우기들이 몰려온다

당분간 날아다니는 것들은 잠잠해질 것이다

숲의 화답

숲의 이른 아침은 귀를 여는 것으로 시작된다
새의 휘파람에 흔들리는 나무들은
날아오는 의성어에 의태어로 화답한다
높낮이가 다른 음을 듣고
각각의 방향으로 포물선을 그리는 나무들
새들의 소리 빌려 대화를 나누는데

휘파람 옥타브에 맞춘 숲은 기류를 타며 건너편으로 출
렁거리는
안개다리를 놓는다
궁금한 물음에 보내는 답은 늘 흔들리는 몸짓이고
새의 고도는 낮은 곳에서 시작하여 가장 높은 곳에 경
계를 세운다

예의 바르고 공손한 몇 소절로 이내 숲이 잠잠해진다

날아오는 새소리에 화답을 하고 난 뒤에는
나뭇가지를 살펴봐야 한다
거기, 알았다는 듯 열려 있는 귀 하나가 있을 것이다

옮겨 다니는 것들에는
입을 빌려 하는 소통이 숨어 있기 때문

여름 숲은 온통 화답으로 묶여 있다
새의 소리가 다르듯 나무들도 저마다 소리가 다르다

날아가는 나무들의 입을 모아 숲이 휘파람을 분다
의성어를 따라가는 의태어가 푸드득거리고
휘파람 소리에 화답하는 새 한 마리

숲은 나뭇가지가 있어 소리가 나고 새는 건너편이 있어
소리가 들린다

새를 타고 건너편에서 날아온 가문비나무의 안부에
빗소리를 예감하는 숲

허공 날인

하늘 한 평 차지한 손이 찍어 놓은 지문
숫자를 세고 손짓을 하면서
흔들리는 날을 꽉 잡고 있다

바람이 휩쓸린 이름을 물고 팔랑거린다
하루치 계약서에 서명하고 기다리는 동안
한 끼의 끼니가 공중에 매달려 흔들린다

문서에 찍힌 날인 속에
참 많은 얼굴이 흔들린다
살아오는 동안 도장 하나 잘못 찍어
필사적으로 매달리다 목매는 삶도 있었다
굴뚝 위 온몸으로 써 놓은 유서는 한 줌 바람에 다 지워
져 버렸다

흔들리는 지문을 읽는 아침
끈적거리는 눈빛이 지척에 걸려 나를 내려다본다
어떤 필사본도 없이 사라질 파닥거림은
어제의 기록으로만 남았다

꽁꽁 묶인 담보물과 날개는
몇 줄 지문에 걸려 끝내 제 모습을 보여 주지 않는다
햇살은 지문이 흐려질 때까지 날인의 완결을 도울 것
이다

허기진 입속으로 날개의 무덤이 되어 가는
쓸쓸한 얼굴 하나
흔들리는 날인 틈으로 빠져나가는 바람만 있다

심해어

너무 높거나 깊은 곳은 세상이 아니다

변이는 실종에서 시작되었고 의문이라는 이름으로 발
견되었다

십삼 년 동안 잠수 중인 머리카락엔 비늘이 생겨나

새로운 어종으로 명명되었다

수압의 관에서 인간의 옷을 입고

습관처럼 바닥을 치며 떠올랐을 지느러미

공기 떠난 몸에 미끈거리는 행방이 묻어 있고

쥐고 있던 손에서 지느러미가 돋아났다

붉은 비늘을 단 아가미

더 이상 내려갈 수 없는 끝은 바닥이다

밀고 당기는 부력에 갇혀 기억은 세상 안에 두고

아가미 없는 세상 바깥에 거처를 삼았었다

머리맡에 걸린 이름을 찾아 마지막까지 열어 둔 귀는

세상 안으로 드는 문의 방향을 찾아 귀를 기울였을 것
이다

장례는 세상 바깥의 일

　물 밖으로 나와 부력을 가진 몸이 세상 법의 장례를 치

른다

　수압을 열고 나온 새로운 어종으로

　오래된 몸부림을 툭툭 털어 내고 있다

붉은 꽃이 떠날 때

지난밤 누군가 울음을 놓고 갔다
뜨거웠던 울음은 뿌리로 스며들었고
지워지지 않는 것들은 풍경이 되었다

곁의 얼굴들이 사라질 때는 아무도 소리를 내지 않았다
당신이 떠난 뒤 부르지 못한 이름은 입속을 서성이는데
오래 맴돌던 목소리마저 사라져 갔다

이곳과 그곳의 거리
담장 너머와 우리의 간격을 잴 수 없는 것일까
기억은 지워질 것이고
지울 수 없는 것을 기억하려 손을 흔들지 않았다

식어 버린 색을 두고 떠난 자리에
남은 건 두 눈을 잠식하고 있는 먼지들

햇빛은 깨진 파편이 되어 눈을 찔러 댔다
울음소리조차 나지 않았지만
여름을 지나오면서 우리는 멀어지고 있음을 알았다
담장을 사이에 두고 가는 길은 달라졌다

뿌리가 기억을 반복하는 동안 나는 불면에 시달렸다

나는 오늘도 남쪽을 향해 걷고 있다
어제보다 조금 더 먼 곳을 본다
여전히 혼자 남아서 당신이 떠날 때처럼
멀어지는 발자국 소리를 귀보다 눈이 먼저 듣고 있다

제3부

세상의 모든 달은 고래가 낳았다

고래 한 마리 헤엄쳐 간다
아직 자라는 중이어서 며칠 헤엄쳐 가면 보름달 같은 어
미가 있을 것이다
좌표가 없어도 궤도를 이탈하지 않는 고래
자리 바뀐 별자리 찾아 구름의 속도보다 더 가볍게 바
다를 건너간다
반짝 멸치 떼 같은 별 사이로 지나간다

배가 불룩한 반달이 초순에서 출발하여 중순을 지나간
다
산등성이 나무 사이를 아슬아슬하게 지나가면
바람이 슬쩍 들어 주는 나뭇가지
지느러미가 한 뼘씩 자라 통통하게 살이 오르고 있는
중이다

흰 구름 이불 덮고 잠든 고래 세상의 물을 끌어당겼다
놓곤 한다
별자리 사이로 사라지면 지상의 모든 입은
바깥쪽으로 더운 호흡을 전송하고 있다

싱싱한 비린내가 날 것 같기도 한 고래
4분의 3박자 동요 속을 헤엄쳐 가고 있다

둥글게 뭉쳐지는 것은 낡아 가는 것이 아니라 새로움을
잉태하는 중이다
내 눈썹 위치에서 놀고 있는 고래
제 꼬리 떠난 물길을 몸 안으로 또렷하게 새겨 넣었다

환한 분수 하나 쏘아 올리고 천천히 심해 속으로 빠져
드는 고래
둥근 달이 저 우주 속으로 굴러가면 고래의 배 속에는
새 달이 자란다

세상의 모든 달은 고래가 낳았다

엄숙한 견학

가끔 특별한 수업에 참석한다
혼자거나 때론 여럿이 모여
하얀 봉투에 인사말 쓰고 학습의 비용을 채워 넣는다
견학의 장소는 가는 곳마다 달라지지만
줄지어 선 꽃들이 먼저 조문을 받는다

정자체 애도로 묵례를 나누고
준비해 온 울음을 조용히 닦는 것으로 시작하는 학습
구부린 무릎으로 엄숙한 자세를 갖추면
말 없는 얼굴 앞에 고개 숙인 오해는
눈물 몇 방울로 저 혼자 풀린다

떠나보내는 학습에서 묵은 감정은 손수건 하나로 지워
지고
균열되어 있던 틈이 메꾸어진다

불이 꺼지지 않는 밤샘의 견학에
가끔씩 들리는 울음이 조의금 상자 속으로 들어간다

꽃향기가 닫히기 전에 끝나는 견학

깨끗이 정리되는 하얀 테이블보를 걷으면서
푸른 멍 자국 하나 꾹 누르는 법을 배웠다

잊고 있던 관계를 정돈하고
연기 한 줌으로 보내는 인사가 가벼워지는 곳
처음 가 보는 길의 끄트머리에서 점점 흐릿해지는 이
름을 지운다

견학 막바지는
오열하던 흰 장갑의 시간을 벗는 것으로 마무리된다

아바나 편지

—검은 수염에게

체
실연 속에 가두어진 시간은 병약한 무게라네
너무 길면 돌아올 계절을 잃어버리게 되지
녹슨 총 방아쇠의 스프링이 빠진 걸 당신만 몰랐다고
사람들이 말하더군
그 고장 난 총으로 수저를 만들어 밥을 떠먹고 있는 아
바나는
여전히 검은 구멍들이 즐비하다네
푸른 멍이 든 것 같은 거리는 피었다 지는 꽃처럼 날마
다 조금씩 시들어 가고 내놓을 것 없는 좌판은 오히려 가
벼워 내일을 걱정하지 않아도 되지
마지막 총성이 멈춘 날부터 거리는 균열이 시작되고
하늘은 서서히 색이 바래더군
검은 수염과 하얀 수염이 함께 웃던 날처럼
파도 소리를 첨가한 모히토 한 잔이 생각나지 않는가
난 이미 알고 있었지
내 사후 몇 년 뒤에는 폐선의 프로펠러를 녹여
내 형상을 만드는 사람들이 있을 거라는 걸

그렇게 만든 내 귀에 삐거덕거리는 소리 들려올 테고
높은 돛대는 아바나의 바다를 지키는 등대가 될 것이네
바다에 던져둔 낚싯대에 낮은 구름들이 차례로 걸려
들고
청새치는 떼 지어 하늘로 날아오르지
나는 지금 코히마르 바다에 낚싯대를 던지고 앉아 있
다네
아바나의 노을은 붉다 못해 어둡지만 사람들은 어둠조
차 피하지 않는다네
정글로 떠난 검은 수염을 기억하는 이들을 위해
낡은 베레모의 질문과 정답을 팔고 사는 상점이 여럿
생겨났지
그래서 복제된 검은 수염은 부서지는 파도를 타고 대양
을 넘나들고 있다더군
종종 그대를 흠모하는 사람들이 다녀가기도 한다네
지금 어느 밀림을 지나고 있는가
남미 정글 속으로 날뛰는 청새치 낚시 대회 초대장을 첨
부하니 꼭 참석해 주게나

—흰 수염에게

당신의 낚싯대는 안녕하십니까

파도 소리를 첨가한 모히토는 청새치의 날카로운 주
둥이와

표류하는 조각배가 안주이니 산티아고 노인에게 노를
맡기십시오

모처럼 총탄 자국이 없는 편지지를 구했습니다

그래도 여전히 화약 냄새가 묻은 한 장을 찢어 편지를
씁니다

가끔 고도를 올라 보면 식어 버린 아바나 노을 위로

어둠이 한 겹씩 덮이는 걸 봅니다

아직도 지워지지 않는 아바나의 검은 구멍들은

여전히 식지 않은 그들만의 숨겨진 총구가 아닐까요

난 오래전 당신이 쓴 전술에서 암호를 풀며 길을 찾고
있지요

우기에만 들리는 종소리는 밀림에선 귀를 높이 세워야
들을 수 있습니다

마지막 총알이 나도 모르게 나를 지나가듯

혁명은 시가 연기처럼 짧아야 완성될 수 있었겠지요

파파,

두고 온 낡은 배낭에 청새치 긴 창이나 구겨 넣어 주십시오

아바나 하늘 위로 피던 마리포사 향기까지 기록해 둔 녹색 노트엔

구식 총소리가 겹겹이 쌓여 있습니다

녹색 배낭을 열어 여운 가득한 종소리를 들어 보시길 권합니다

긴 여운의 종소리는 언젠가 아바나의 등대가 되어

길을 찾는 이들에게 빛이 되리라 생각합니다

여기는 푸른 공기마저 자유롭게 나무들에 스며드는 정글입니다

오래전에 당신과 내가 소리 높여 울렸던

종소리가 밀림을 날아다니고 있습니다

너무 깊은 곳으로 들어왔나 봅니다

제 실연을 알아채면서 열리지 않는 문의 방향도 이미 알고 있었습니다

제 검은 수염은 이곳에서 흩어질 것입니다

•'검은 수염'은 체 게바라, '흰 수염'은 어니스트 헤밍웨이.

바위를 기다리며

사막을 지나가는 것들은 자주 입이 마른다
가시를 우물거리는 낙타는 이가 빠지는 동물
이빨 사이로 새어 나오는 모래언덕을 되새김질한다

체온으로 그늘을 만들어 투레질할 때마다 낙타 등은 한
뼘씩 깊어진다

바위는 지나온 길을 자주 돌아본다
마른 입술을 끌고 사막을 건너면 새로운 이빨이 돋아
난다

모래 먼지를 안고 어둠에 묻히는 저녁
가끔 고삐를 버리는 낙타는 물을 찾을 줄 아는 입을 가
졌다

바위는 사막에서 펄럭거리는 존재
고함 소리를 넣고 다녀도 목이 마르지 않는 존재
섭씨의 우물에 묶인 발을 끌고 단번에 별자리까지 굴
러갔다 돌아온다

능선을 세며 별자리를 볼 줄 아는 바위에게 뒤를 맡겨
놓고
새벽 별자리를 마시러 간 낙타는
뼈마디와 뜨거운 가죽을 두고 사라진다

몇 백 년에 한 번씩 몸을 뒤척이는 바위는
사막에서 낙타들이 간절히 바라는 후생이다

계단의 기원

맨 처음의 옥탑은 새순이 무성한 나무였을 것이다
그래서 계단은 반드시라는 말과 짝을 이룬다

계단은 엎질러지는 것들의 천적
발을 헛디뎠을 뿐인데 너무 많은 몸이 헐고 굴러 내려
갔다
가장 낮은 곳에서 발견된
사과나 혹은 복숭아 들은 모두 멍이 들어 있다

아무 가진 것 없는 저녁이어도
오르지 못하고 떨어진 것들이 앉아 있는 계단은 가파
르다

올랐다 내려가는 고행의 길을 인내하는 동안
사람들은 무릎을 조련당하고도 계단에 기원을 심었지

한밤 모두 잠든 시간
아코디언 소리가 난다
폈다 오므렸다 하루를 반복하는 무릎의 하모니
어슴푸레한 상처의 퍼즐을 맞추며

나는 오늘 밤도 계단을 오른다

수많은 발자국의 말을 다 받아 준
계단은 입을 봉합하고 통증을 아픔이라 하지 않는다
오를수록 가난한 사람들이 살고 있는
맨 꼭대기에서
가끔 내가 흘려 버린 것들을 발견하고 주머니에 넣는다

짐작할 수 없는 상처를 품고 계단을 올라
세상 밖으로 날아가야 한다는 걸 무릎은 잘 알고 있다

퍼즐 놀이

마지막 조각을 다 맞추면 처음 얼굴이 되는 숲
그 숲의 입구에서 회전 그네 타는 어린아이를 만난다
깔깔대는 웃음소리를 따라 키가 자라고 눈동자는 검
어졌다

구름을 밟고 한밤을 지날 때는
잠 깨지 않은 새벽 모습으로 길의 방향을 점치곤 했다

달이 돌아오는 길목에서
폴짝거리며 고무줄놀이를 하는 동안
숲은 발끝에서 점점 넓어져 갔다
아이의 목소리가 노래를 부르다
어느새 아이를 달래는 소리로 변해 갔다

길어지는 머리카락을 쓸어 올리는 손은 이미 아이가 아
니다
숲길을 가는 동안 지나온 길의 방향은 지워지고
되돌아갈 수 없는 숲을 빠져나오면
길 끝에서 만나는 미소
다시 초면으로 돌아가게 되는 얼굴이다

퍼즐 조각마다 이름이 표시되어 있는 숲
뿌리에는 또 다른 길을 알려 주는 이정표가 세워져 있
을까

길을 표시해 두지 않아 다시 돌아간다 해도 알아보는
사람은 없겠지

온전한 얼굴이 사라지고 난 뒤
갓 태어난 아이의 표정은 고요한 숲 같다
어지러운 길을 혼자 걸어온 그 얼굴을 흔들면 숲이 소
리를 낸다

마지막 남은 하나의 조각을 들고
숲길을 걷는 낯익은 표정이 흐릿하다

물방울 물방울

부푼 바람이 부푼 몸을 흔들 때 나는 거품 속에 있었다
너무 가벼워 한순간에 솟아오르는
투명한 껍질이 몸을 감싼 채
도랑물 돌 틈에 고여 시냇물 지나 바다로 가지 못했지

쉽게 휩쓸리는 내 생각과 몸이 점점 사그라져 가는 동안
비좁은 개울가의 풀잎을 잡고 매달리는데
부풀어 오르던 몸마저 하나 둘 꺼져 가고
동경하던 무지개마저 물살에 휩쓸려 점점 사라져 간다

그림자 지워진 풍경 옆에 작은 꽃송이 하나 피어 있을
뿐
꽃은 웃음이 많았고 뿌리가 깊어 쓰러지지 않았지만
눈은 꽃의 색깔에 묻혀 계속 흘러가고 있었지

나는 여전히 누군가를 기다리고 있다
물의 시간 물의 생각에 서성거리며
흘러가는 구름과 시간에 기대어
물가에 온몸으로 매달려도 거품일 수밖에 없었던
사그라지는 나의 일부분들을 바라만 보고 있다

도랑물 지나 시냇물 지나 바다로 향하는 동안
잡고 있던 것들 놓아 버리고
홀가분한 몸으로 흐르고 흐르다가
물방울로 튕겨 오른 몸을 세우고
껍질마저 벗어 버린 투명함으로 반짝이는 나를 만난다

저녁의 진화

그림자의 속도로 빨려 들어가는 저녁
어둠이 새로운 중심을 물고 달려옵니다
계절을 삼키는 입은 닫혀 있고
꽃들이 다소곳하게 허리를 펴고 일어설 때쯤
아직 태어나지 않은 낯선 얼굴이 모퉁이를 돌아 나옵니다
자리 바꾸어 가며 흐릿해지는 그림자가
팽창된 각도를 세우고 서 있는 동안
흐려져 가는 뒷모습이 멀어질수록
스치는 순간들은 진화를 거듭하다
우주 어디쯤에서 다시 마주치겠지요
지구의 경사진 언덕을 오르다
바깥에서 안쪽으로 환한 실종이 일어나는 자리
그곳에선 새로운 얼굴이 진화하는 중입니다
담장은 길이를 감추고 싶은 모습으로 양쪽을 휘감고
모퉁이는 아직 가 보지 않은 낯선 시간을 은밀하게 제안합니다

시작은 구부러진 지점에서 출발선을 세워 두고 기다립니다

어느 쪽 저녁에 들까 고민하는 모퉁이가 있는 골목
궁금해하는 바람을 살며시 밀어내며
저녁은 서로의 방향만 고집하고 있습니다

양쪽의 속도

다른 높낮이로 속도를 저울질하는 놀이터의 시소
깔깔거리는 웃음소리들은 모두 고른 치열을 하고 있다

문득 나무가 흔들린다면
바람의 엉덩이가 앉아 지금 시소를 타고 있는 중이다
그때 나뭇잎이 재고 있는 바람 속도가 보이고
웃음에 묻어 있는 먼지의 계측도 보인다

바람은 기웃거리는 방향을 놓치지 않는다
빈틈을 뚫고 날아올라 파릇하게 자라는 아이들의 키
기다렸다는 듯 역방향으로 달리는
중년의 속도가 함께 있는 것을 본다

요 며칠 손가락으로 집어 보는 풍경은 구부러지고
가물거리는 눈이 멀미를 앓았지
소용돌이 지문이 그늘에 새겨지는 풍습을 이해하며
서로 닮아 가는 얼굴을 바라보고 웃기도 했었지

아이들 웃음소리를 듣는 노인의 흰 머리카락이 바람
에 날린다

느릿한 걸음은 아이들로부터 멀어지고
어둠은 어느 쪽으로도 기울지 않고 내려앉는다

놀이터를 벗어나는 아이와
가만가만 걸어가는 느린 발뒤꿈치엔
서로 다른 속도가 어둠 속으로 걸어가고 있다

대화의 온도

종이 한 장에 담긴 안부는 0에서 읽힌다
얼거나 녹기 시작하는 순간
얇거나 두께를 잃어 가는 온도
손끝에서 접혀 눈빛부터 식어 간다

발아래 식은 말들이 떨어져 있는 밤
당신이 보낸 말에는 시린 바람이 붙어 있어 손이 아리다
낯익은 얼굴은 모른 채 지나가고
함께 걸었던 가로수마저 서로를 외면하고 있다

후미진 골목 끝은 어둠의 등
기울어진 눈금은 더 이상 오르지 않는다
셔터가 내려지고 돌아가는 시간
서로에게 건넸던 물음에 대해 끝내 답을 듣지 못했다
맘속에 들이지 못한 말들은 잠복기를 거치는 동안
쉰내 나는 감정으로 쇠약해지고 형태를 버리겠지

날카로운 것들이 무디어 가는 온도는 몇 도쯤에서일까
소통되지 못한 대화는 간격과 거리에 따라 달라지고
우리는 서로 어긋난 수은주의 숫자를 견뎌야 되겠지

얼굴이 묻혀 버린 담벼락은 체온이 사라진 쪽
손길 거부한 타인의 감정뿐이라는 듯
체위를 바꾼 채 뼈 세운 말은 골목길을 걷고 있겠지

같은 행성을 돌고 있는 우리
깊은 울렁증으로 잠시 흔들린다

그때 내 몸의 축이 살짝 기울어지는 쪽으로
한 사람의 무게가 있다

구름 경작법

아주 오래된 초원 경작법을 펼쳐 보면
어둠에 피었다 지는 계절을 공경하라 적혀 있지만
원래 이 문자들은 말에서 나와 달아나기를 즐긴다
솟구쳐 오르는 바람을 채찍으로 깨우기 전
낮은 초지들은 새벽을 달래
일교차를 묶어 두는 것으로 시작한다

짧은 낮잠에 사라져 버리는 양 떼들은 잠시 하늘에 풀
어놓고
계절을 만나면 배를 불리라 한다

열매 없는 초지들은 후생이 없어 지나가는 먼지에 씨를
뿌린다 적혀 있다
양들의 포만감이 잠을 부르고
그사이에 꽃을 피우는 벌판
한잠 사이에 흰 양귀비꽃이 피었다 진다

초원의 계절은 찾아다니는 자만이 가질 수 있어
한철 냉기는 양 우리에 모여 몸을 녹인다 한다
뿌리가 길고 성성한 것은 우물이 유일하다고 하여

유목의 발자국은 흔적이 없다 한다

바람은 단 몇 개의 색깔만 있어 갈아입는 일이 드물다고
방목이 떠난 들판에 남은 바람들은
큰 설산으로 뭉쳐져 겨울을 난다고 한다
그때 초원의 빈 우리에 거처를 잡은 구름은
유목을 몰고 올 바람에 귀를 기울인다고 한다

경작법엔 때마침 씨앗이 여무는 시기라고 적혀 있다

사과의 감정

풋이라는 말을 듣지 않으려면
흔들리는 것쯤 참아야지

처음 듣는 단어들은 싱그럽고
처음 느끼는 감정은 두근대고
우리의 거리는 점점 넓어져 갔지

설익은 마음을 다 익힌 후에야
누군가를 향해 다정한 눈인사를 보내야 했어

어스름한 저녁 하늘 한 무리 새들이 날아간 뒤
떫은맛에서 시작된 오해는
익을 때까지 기다려야 풀리는 걸까
시큼한 생각마저 버려야 달콤한 느낌이 돋아나겠지

무심코 보낸 말에는 떫은 감정이 들어 있었어
당신이 보낸 편지를 읽으며 느낌에 대해 정리해 보았어
사람들은 왜 한 번도 사과나무에게 사과를 하지 않는
걸까

어젯밤 너는 잘 익힌 사과를 보냈지만
네가 내민 사과는 여전히 거짓말
너는 밤새 빨간색으로 덧칠을 했는지
깊숙이 남아 있는 풋
내게는 왜 초록으로 보이는 걸까

한입 깨무니 사과의 형식은 여전히 시고 떫다

인근(隣近)

봄 근처에 꽃이 핀다는 연못이 있고
그 문 없는 수심(水深)에 봄날이 목을 축이러 몰려들고
있겠다
건조한 바람은 수맥 속으로 숨어 흐르고
무게를 버린 꽃잎들이
뺨 붉어진 얼굴로 수면에서 흔들리고 있겠다

꽃잎 가득한 물의 감옥에도 수로가 있어
가지 떠난 꽃들이 줄줄이 몰려가고
누군가 돌을 던지면 화들짝 놀라 흩어지는
꼭지 없는 봄날은 물속으로 가라앉고 있겠다

기울어진 풍경은
수면의 맑은 마음을 얻지 못하고
허방에 꽃 피워 본들 솜털조차 돋지 않는 한 겹의 수면
일 뿐

둥둥 뜬 색깔엔 뿌리가 없어 하구의 소문으로 흐르고
다시 나뭇가지로 오르는 일이 없다
무게를 버린 것들만이 오래 바람을 외면할 수 있다는 것

인근의 수면은 알고 있을까

모든 화목(花木)들이 문 열어 놓고 초입의 긴 수로와 손
잡고 있다

나무를 불러와 연못에 꽃 피우는 일
물살이 결코 제 속내 드러내지 않고 상류의 물소리를
끌고 오듯이
나무는 분명 연못과 내통하고 있음이다

다 인근의 일이다

장수풍뎅이 우화기

　온몸 단단하게 여미고 눈부신 빛을 볼 수 있는 두 눈 만
드는 중이다

　지난가을 이상기온으로 시기를 놓쳐 버리고 꽃밭도 나
무 속도 아닌 지하방에 웅크리고 앉아 날개를 만든다
　잠들어야 할 시간 긴 잠 버리고 우주 어디선가 찾고 있
을 동료들에게 생존 위치를 발신한다
　꿈틀, 돌아누울 때마다 세상 밖 기후를 감지하려 수신
인 없는 전파를 띄우고 있다

　수만 킬로 떨어진 기지국에서 날아온 메시지의 온도를
수신한다 날씨는 버리고 기후를 채집한다 막 돋은 더듬이
가 공기의 미세한 밀도를 측정해 태양의 움직임을 잡는다

　태양의 남쪽을 따라 생각의 허물 한 겹 한 겹 벗으며 날
아오르는 것에만 집중한다 머리 위로 달이 몇 번이나 기
울어 지나갔는지 얼마나 많은 별들이 밤을 반짝이다 갔는
지 나는 알지 못한다

　부재는 변태(變態)의 시간

어디서나 저절로 열리는 문이 없듯 온몸으로 두드린다
서툰 몸짓으로 밖을 향해 눈을 뜬다 푸른 잎들은 돋아
나지 않고 바깥 온도도 너무 건조하다 껍질 떼고 날아오
를 하늘은 아직 낮게 깔려 있다

가벼워진 몸이 세상 밖을 비행하는 꿈에 부풀어 오르
고 벽에 걸린 양복 한 벌도 날아오를 그날을 애타게 기다
리고 있다

제4부

줄을 바꾸다

맨 처음엔
묶인 줄을 끊으려 울었다
매듭지어진 방향으로 고민을 배웠고
형제로 대칭을 알았다면 남매로 간격을 배웠다
줄은 무형과 유형 때로는
살아 있는 생물과 같아서 자칫 잘못 묶거나 풀면
난처한 엉킴에 얽혀 들어 오래 방황하기도 한다

흔들리는 줄에서 오래 매달렸다
주변을 묶으면 단단해지는 줄 위에서
익숙해지는 방법은 흔들리는 줄 위를 걷고 또 걷는 일
뿐이었다

줄이 끊겨 추락한 어느 가장이 평생을 믿었던 건
줄도 아니고 저 아득한 바닥도 아니고
저 혼자 옥죄어지고 있던 매듭이었을 것이다

누구도 풀 수 없도록 팽팽한 힘에 맡겨 두었던 그 매듭
이 끊어진 것이 아니었을까

줄을 떠난 죽음은 언제나 푸대접이다
평생을 잡은 손이 줄을 떠나면 손 흔들지 못한 울음만이
남은 주변을 다독인다

내가 지탱하고 있는 줄은
매 순간 촘촘한 매듭으로 몸을 잡고 있다
모든 줄은 바닥만이 유일한 착지점이지만 그것은 곧 추
락이기도 하다

어제 흔들리는 한 사람이 줄에서 누락되었다

결핍의 방향

푸른 혈이 빠져나가는 곳은 곡선의 방향
흩어지는 빛을 줄줄이 꿰어
느린 시간이 빠져나간 흔적을 새겨 놓았다

몸 밖에 뼈를 세워 놓고 호흡을 고르는 방식에는 절벽과
바람의 섭생이 있었다

그러나 저기 발목 묶은 고리에 길들여져
예의 바르게 굽은 허리는
고통을 벗어나려는 휘어진 고정에 중독되어 있다

관절 속으로 결핍이 나란히 배열되었던 시간
바람은 본래 기형의 모양을 하고 있지 않았을까

꺾인 속도는 습관처럼 밖으로 향하고 주춤거렸던 흔적
이 휘어져 있다 평생 휘어진 감탄사를 안고 진열에 안착
할 것이라는 불안한 예감은 늘 적중하는 법

공복의 허기진 자세가 곡선으로 바뀌어 간다
산란의 시기마저 놓쳐 기형이 되어 버린 빛의 뿌리는 잃

어버린 바깥을 향하고 그 바깥을 기웃거리는 고통이 뭉쳐
져 결핍은 결국 굽은 길을 만들었다

　나무를 돌아 나온 곡선의 기류들이 공중에 발걸음을 멈
추고 있다

　기형을 부축하듯 분재 화분을 안고 나온다
　그때 세상 모든 방향들이 밋밋해 보인다

몽유

잠이 시작되면 문밖으로 향하는 맨발
꽃 핀 담장을 걸어 혼자 술래가 되는 아이가 있다
숨기 좋은 골목과 뾰족지붕은 누가 들여놓은 무대일까
출구와 입구를 찾아가는 동안 흩어지는 길을 묶는다
새벽이슬에 몸을 눕혀 너의 안부를 물어보는데
그 얼굴 떠오르지 않는다

가 본 적 없는 길을 따라 가뿐하게 담장을 넘는 발
너의 숨소리가 이슬보다 무겁다는 걸 나는 몰랐지
구름을 삼키면 뱀이 춤을 추기 시작했고
둥글어지는 뱀의 말에 아이는 눈동자를 굴리며 길을 더
듬어 간다

환하고 미끄러운 길
꿈이 아이를 찾아와 끌고 다니는 날이 잦아진다
생시의 시를 얻지 못해 불면을 찢고 나온 아이는
잠의 시간을 돌아다니는 동안
어떤 것도 두렵지 않았고
피었다 지는 꽃의 시간을 따라 계절을 돌아오기도 했다

달을 따라 아주 먼 곳까지 굴러갔다 온 날
부푼 호흡으로 긴 여행기를 쓴다
다섯 개의 비파 줄이 다 끊어질 때까지
뜬눈으로 어둠의 주기를 손꼽아 보는데

여름밤 강둑길을 달리다
잠의 여울에서 실족한 발이 떠오르고 있다

중독

질감은 거칠지만 물결무늬는 나를 위로한다
겉과 속이 다른 모서리 어디쯤
흔들리는 눈이 응시하고 있다
거기, 내가 던진 질문은 차갑고
대답을 기다리는 자세는 조용히 앉아 있다

나는 당신이 그어 놓고 간 테두리를 빙빙 돌고 있다
대화가 없었으므로 등을 보인 자세는 서로를 외면한 채
기다림에는 배려가 필요하다는 것쯤은 알고 있기에
표정을 이해하고 무늬를 보듬는다

비가 내리고 무늬는 흘러 허전하다
어디론가 옮겨 간 뒷모습을 찾는다
벽 속으로 들어간 얼굴이 벽으로 서 있는
틈 사이로 누군가 들어온다

한 그루 하늘을 들고 서 있는 틈으로
한때를 비집고 들어오는 손
하나의 몸에 두 개의 생각이 붙어 밀어내지 못한다
응답을 기다리는

갇힌 결핍은 곡선으로 휘어진다

마음이 오래 갇힌 날
종일 비어 있어 안전한 그 속을 걷는다
나는 흔들리는 당신의 몸을 완독했다

조간대

겨울 들판으로 밀물이 몰려든다
풀물이 다 빠진 들판에 발굽이 조개껍질처럼 묻혔다
부딪치는 동안 짧은 호흡으로 휘청거리는 영역을 키워
내는 것들
만조 든 안쪽엔 유목의 젖을 빨던 입들
발원지를 나와 긴 울타리를 넘어 거품 속으로 사라졌다

끊임없이 옮겨 다니는 발에는 물갈퀴가 있어
초원 저편으로 밀려가 물렁한 폐각이 되거나
들판 어느 곳에 각인을 새겨 놓고 돌아오는 것은 아닐까

흩어진 물의 조각을 순식간에 읽어 낸 담담한 표정으로
가장 순한 부분을 깨워 열고 닫히는 바닥의 경계
그곳에 소란스런 숨들이 뿌리를 내리고 있다

물은 부딪힐수록 푸른 멍을 멀리 보낼 것이다
그럴수록 응고되어 가는 폐각들은 더 단단하게 자라
나겠지

굽은 등 뒤로 몰려드는 소리

밀려갔다 밀려오는 해안의 유목들
울음을 물고 날아가는 날개 끝에 조간대가 붙어 있고
그때 낮은 파도는 조개의 개폐처럼 보인다

바다를 떠돌다 어느 한 귀퉁이에서 만나 스쳤을 것 같은
발자국들이 화석으로 변이되어 가는 지대가 있다
지구가 출렁거리고 있다는 걸 이제야 알겠다

독식

문밖에서 복사된 여름을 들여다보는 눈이 있다
일정한 시침을 둥지 밖으로 밀어내고
몰래 넣어 둔 눈이 먼저 부화되어 시간을 알린다

날개 사라진 곳에 소리를 삼키는 입이 자라고
저 독식의 시간이 자란 몸속엔 훔친 시간이 가득 부풀
고 있다

보이지 않는 학습들은 미처 익히기 전에 추락하고
계절 밖으로 열매를 밀어내는 나뭇가지 사이로
끔찍한 기억들이 잠복하고 있다

날개를 키우는 건 폭식
둥지를 훔친 불안이 숲의 반경에 묶여 있다
허겁지겁 삼킨 과체중으로 나뭇잎을 위태롭게 흔드는
계절

살이 오른 시계 소리는
다른 음역에서 건너온 소리
복사된 여름이 푸드득 날아간 뒤

계절의 시보를 알리던 곳엔
햇빛 한 줌만이 고요한 시간을 덮고 있다

여름이 이소를 준비하는 숲
지난 계절 방전된 뻐꾸기시계 문을 열어 놓아야겠다

속도가 부서질 때

배의 선두에 앉으면 울렁거리는 거리가 귓속으로 들어
간다
속도에 빨려 들어 후미에 하얗게 부서진 잔해들
빠르게 지나가는 것들을 삼킨 뒷모습은 어수선하다

우리는 대부분 괴로운 거리를 지나거나 엉킨 속도에서
방향을 잃었던 적이 있다
멀리 갈수록 창백해지는 얼굴을 지탱하려 안간힘의 소
용돌이가 친다

멀어지는 것들이 어깨 위에 내려앉는다
접힌 거리를 펴 보면 울컥 뜨거움이 목젖을 감는다
지나온 것들은 뒤엉킴이 되는 것일까
잠잠하던 거리가 저 멀리 남은 거리를 앞지르면서
속이 울렁거리기 시작한다

우리가 걷거나 달려온 거리는 모두 다른 속도였다
제각각으로 부서졌거나 뒤틀린 감정들은 아직도 거리
를 재는 중이다

두어 시간으로 압축된 거리가 목전까지 쌓이고
선두 지키던 햇살이 실족한 곳에서 프로펠러는 속도를
낸다

물보라 속으로 말려드는 거리
다가오는 것들을 삼키고
각자 다른 내성을 가지고 진화해 가면 다 비워지겠지

나는 선두였다가 밀려난다
배의 후미에 앉아 아주 빠른 속도를 받아먹는다
그때마다 더 빠른 속도로 내게서 멀어지는 것들이 있다

울렁거리는 멀미를 밀어내는 그것들은 다 나를 통과한
것들이다

은밀한 진술

매운 씨를 앉히려는 눈은 충혈된 핏빛
밭이 아닌 곳에 꽃을 피워 놓고
찻길 옆에서 흔들리는 눈
날개가 놓고 간 흔적을 지우자
꽃씨가 날아오르고 그때 바람은 방향을 꺾었다

속도에 치인 급브레이크 소음과
구름 속에서 던져진 한바탕 소란까지
몇 날을 기다려도 돌아오지 않는 밤
증거가 인멸되는 여름밤이 오기 전에
꽃대에 감추어진 눈이
무심코 돌아서던 바람의 뒷모습을 기록해 두었다

두 평의 반경에서 나머지는 식별이 불가능
아직도 푸릇하게 녹화하고 있는 무꽃 한 송이
지난가을 뽑지 않은 무
되돌려 감기를 해 보면 첫 부분은 파릇파릇하고
묶은 시간들이 꼬리 쪽으로 빠져나간 뒤 흔적은 맵다

의구심 없는 잡풀들은 뽑혀 나가고

다시 무언가 심어지는 밭
반점으로 가려진 무꽃엔 은밀한 진술이 묻어 있다
껍질을 열면 검붉은 혐의들이 가득하다

지난 계절 의혹과 혐의가 고스란히 담긴
한동안 입을 맵게 한 사건들이 들어 있다

봄, 낙화

구름이 목구멍으로 들어온 날은 자주 허리를 굽혀 기척을 낸다 단칸 일자 모양 관을 열면 환절기만 가득 들어 있고 시신이 없는 경우도 있었다 한다 기침 소리는 수시로 밖을 돌아다닌다 냉방에 콜록거리는 소리가 가득하여 묻고 대답하듯 한밤 내내 이어진다 그 소리는 봄볕에서 노랗거나 화사한 빛으로 살며시 앉는다 골방에서 우르르 몰려나와 나뭇잎 기웃거리는 쪽으로 담을 넘는 계절은 점점 퇴색해지는 봄바람을 불러들여 공복을 채우고 있다

묵은 계절을 달고 북적거리는 저 집 외출을 잊은 채 명치끝 푸른 멍을 새겨 놓은 바람이 방을 빠져나온다 꽃 떨어진 자리에 들어 몸을 키우는 계절이 몸살 앓는 아침이다 뾰족한 날들을 돌아보거나 먹구름을 탐했던 습성으로 남아 있는 어느 꽃 핀 아침 환절기에만 유일하게 살아 있다는 소리를 듣는다 조용히 문을 열면 기침의 모양으로 굽은 절기가 있다 구부러진 허리가 땅으로 돌아가는 순간 꽃들에게는 울음 하나 없는 조용한 장례다

귀로 듣는 풍경

툭, 지팡이가 비행기를 짚으면
순식간에 날아올라 적도를 넘어간다
풍경에서 점점 멀어지는 새
나비도 바람을 접고 사라진다

짚을 때마다 빠르게 날아가거나 사라지는 숫자들
오른쪽에서부터 날아간 새와
왼쪽에서 달리던 말의 모습이 보이지 않는다
천천히 어둠에 갇히는 손짓이 있을 뿐

어제 작별 인사를 나누던 손은 더 이상 흔들지 못하고
접이식 지팡이를 펼치고 더듬는 수신음을 듣는다
씨앗을 남기지 못하고 날아간 꽃은 어떤 색의 통증이
었을까

지팡이를 짚을 때마다 빈 풍경의 각도가 눈앞을 막는다

더 이상의 숫자로 얼굴을 볼 수 없고
옮겨 온 풍경을 귀로 듣는 날들
한 번쯤 보았던 계절이 손끝으로 지나가고 있다

멈춘 나이는 숫자로 접히고
손가락 사이로 날아가는 것들은 모두 색깔이 없다

하얀 지팡이가 타닥타닥 몇 단으로 접히는 저녁이 손에
있을 뿐
눈 바깥에서 비행기가 날고 꽃잎 흔들리는 곳에 나비는
앉아 있겠지

지금쯤 태양을 가린 달은 제자리로 돌아가 있을까
익숙한 얼굴이 없는 밤을 걸어가는 세상은 온통 경계다

8분의 2 사이

가끔 문 앞에 쳐진 발(簾) 안쪽이 궁금했었다
그 앞에 서면 발목만 드러나 보이는
그러다 넋을 빼앗긴 적 있던 안쪽으로 들어가고 싶었다

오래전 발끝만 쳐다보다 끝난 사람이 있었지
세상에 셀 수 없는 것은 심장 뛰는 소리일 거야
까치발 들고서도 볼 수 없었던 저 어깨 너머쯤
골목 끝에서 손잡던 그림자는 발아래로 사라져 버렸지

발 안쪽에서 시작된 잠은 어느 방향으로 웃음을 풀고
있을까
　나른한 잠이 드나드는 곳에 맨발이 있어 발을 보다가 얼
굴을 놓치고 말았다

바람 부는 쪽으로 눈빛이 옮겨 간다

늘어진 오후를 끌어당기면
저녁이 어둑하게 잠겨 들고
결국 그림자마저 지워져 허리를 접고 돌아갔다

수액이 나무의 발목을 지나면 꽃은 8부 능선에서 피기
시작한다

어린 가지를 지나쳐 온 너와 나 사이
봄이야 소리쳐도 꽃이 피지 않는다고 담장 너머 여름
이 지나간다

슬쩍 발목만 드러나는 8분의 2 사이로
바람이 빨려 들어가고
그때 발(簾)은 어떤 옷의 밑단보다 더 짧은 발목이다

파양(罷養)

엑스레이에 탁란(托卵)의 그림자가 찍혔다
둥근 면을 따라 촘촘한 자리에 낯선 무늬가 꿈틀거리고
검은 수면 위로 병의 흰 뼈가 생겨나고 있었다

여름은 새의 뼈가 자라는 철
부리는 언제부터 숨어 있었는지
주인을 밀어낸 자리에서 제집인 양 태연하다
기우뚱거리는 길이 멀미를 일으키면 걸음은 길 밖에서
헛돌았다

흐르는 수액을 나뭇가지에 걸어 놓고 구멍이 자라고
달력 숫자에 깃털이 돋고 부력이 생겨난다
뼈와 날개가 튼튼해질수록 알은 실금을 키운다

딱따구리가 산란을 위해 구멍을 뚫고 있다
순한 나무의 등줄기 파고 탁란을 하는 딱따구리
살아 있는 나무에 둥지를 만들 때
파양의 소리가 숲을 빠져나간다

귀 밝은 나무들이 파문의 문양을 안으로 새겨 넣고

뼈를 키우는 소리에 골몰하는 동안
나무는 새들에게 날개를 달아 주고 날아가라 한다
몸속에 구멍을 혹처럼 달고
구역질을 푸르게 토해 내는 나무
소란하던 집은 모두 떠난 뒤 고요하다

이따금씩 앉았다 가는 날개를 향해
나무는 박힌 기억으로 푸른 잎을 흔들어 손짓한다

아직도 소리를 쫓아 잔가지 뻗는 나무에선 젖 냄새가
난다
기생하기 좋은 계절엔 날아가는 것들이 많다

표절의 문장을 읽다

계절은 계절을 빠르게 훔쳐 온다
봄은 여름을 여름은 가을의 한 귀퉁이를 훔쳐 놓고 있다

꽃이 써 내려온 저 구절은 지난해 계절에서 옮겨 온 것
필사된 입은 노랗고 얼굴은 붉거나 희다
잎이 돋고 꽃 피는 시간 속에서
표절의 줄거리가 자라고 있었다

한 방울의 피도 흘리지 않고 베껴 온
한 무더기 꽃에 붙어 있는 자세
천둥 번개가 묻은 낯익은 문장에
부러질 듯 대궁마다 그림자를 붙여 놓고
서로를 잊어 가는 꽃의 얼굴들
서둘러 달아나는 낱낱의 표절이 이렇게 아름다울 줄
몰랐다

표절의 이름으로 기록되는 뿌리도 가늘고 긴 갈래의 고
향이 있다

한 송이 꽃으로 피어난 문장들은 꽃술에 들어 종자로

마침표 찍는다

　한철을 다 채우지 못하고 계절 바깥으로 달아나 버리는
꽃
　누군가 꺾어 간 흔적은 키가 작다

　어제 시간으로 막 써넣은 최초의 문장을 읊조리며
　입안 가득 낯익은 향기들을 씹는다

　나는 반복되는 계절에 지난해 들었던 빗자루를 다시 들
어 시든 꽃잎을 쓴다

오리, 오리나무, 오 리

나뭇가지에 오리 몇 마리 앉아 있다 겨울잠 자는 동안 깃털은 아찔한 중심을 견디고 있다 오리가 앉아 있는 줄 알았는데 가까이 가 보니 오 리들이 모여 있다 닿을 듯 앉 아 거리를 재고 있다 걸어서는 오 리도 못 가는 오리들 행선지 놓친 오리가 날아갈 방향을 찾으며 바람의 종류를 다 듣고 있는 중이다

건들거리는 나무들은 오 리를 재는 기준 참방거리는 사이가 가까워도 멀어도 거리는 오 리일 뿐 손닿지 않는 당신과 나의 거리는 늘 오 리 밖이다 서로 외면하는 거리가 사방으로 나 있다

호숫가에 몸 맞대고 오리들이 모여 있다 저들의 간격이 오 리라는 것을 알까 옆에 있어도 모여 있어도 떨어져 바라보고 있어도 체온은 다 오 리 밖에 있다 몸뚱이와 보드라운 깃털 사이에 봄날이 있다 서로 체온을 나누지 못하는 오 리 밖의 오리들 더 멀어지지도 가까워지지도 않는 거리를 접고 있다

오리나무에서 떨어지는 물방울을 세며 날짜를 넘기는

오리 겨드랑이에서 봄날이 하나씩 돋고 있다 오 리를 재
는 나무 위에서 오리 몇 마리 겨울을 난다 소란스런 주둥
이 몇 개 나올 것 같은 나무를 흔들면 푸다닥, 오리 날아가
는 소리가 날 것만 같다

타인의 무게

남승원(문학평론가)

1. 아름다운 얼룩

신춘문예에 당선된 작품들을 읽는 것으로 새해를 시작하
곤 합니다. 이제 막 새로운 출발에 나선 시인들의 당선 소
감을 볼 때에는 저까지 가슴이 두근거립니다. 그렇게 신문
의 지면을 통해 읽게 된 작품들이 오랫동안 기억에 남아 있
을 때도 있습니다. 이윤정 시인의 등단작도 그렇게 제 기억
에 남아 있는 작품 중의 하나였는데, 첫 시집 『세상의 모든
달은 고래가 낳았다』를 만나게 되자마자 기억 속의 작품을
먼저 찾아서 읽어 보았습니다.

 타크나 흰 구름에는 떠나는 사람과 돌아오는 사람이 있
다
 배웅이 있고 마중이 있고
 웅크린 사람과 가방 든 남자의 기차역 전광판이 있다

전광판엔 출발보다 도착이 받침 빠진 말이

받침 없는 말에는 돌아오지 않는 얼굴이 있다가 사라진

다

흰 구름에는 뿌리내리지 못한 것들의

처음과 끝이 연결되어

자정을 향해 흩어지는 구두들

구두를 따라가는 눈 속에는 방이 드러나고

방에는 따뜻한 아랫목, 아랫목에는 아이들 웃음소리

몰래 흘리는 눈물과 뜨거운 맹세가 흐른다

  —「타크나 흰 구름」 부분

다시 읽게 되어 반가운 마음이 들었는데 이 작품이 여전
히 기억에 남아 있는 데에는 사실 개인적인 이유도 있습니
다. 이윤정 시인이 등단했던 즈음에 저는 한창 남미 여행을
계획하고 있었습니다. 남미 지역을 육로로 여행하기 위해
서라면 처음 들어가는 도시를 기점으로 시계 방향 또는 반
대 방향으로 이동할지를 결정하는 것이 가장 먼저 해야 할
일입니다. 그렇게 여행 루트를 만들며 '타크나'라는 곳을 메
모하고 있던 중에 마침 이 작품을 읽게 된 것입니다.

'타크나'는 페루 남부의 한 지역명으로 오른쪽으로는 볼
리비아, 아래로는 칠레와 국경을 맞대고 있는 국경 지대입
니다. 한때는 칠레에 속했던 땅이기도 한데, 페루에서 칠레
로 이동을 하기 위해서라면 꼭 들르게 되는 곳이기도 합니

다. 그와 같은 특성상 이 지역은 칠레와 페루의 화폐가 함께 사용되기도 하고, 서로 다른 국적을 가진 사람들은 물론 다양한 민족과 문화 등이 뒤섞여 있는 곳이기도 합니다.

그야말로 온갖 경계들이 가로지르는 이곳에서 정작 이윤정 시인은 그것들의 차이를 애써 구별하지 않고 있다는 점이 인상적입니다. 그는 이국적인 것에 대한 호기심도 전혀 드러내지 않고 "떠나는 사람과 돌아오는 사람"이 일상적으로 교차하거나, "출구와 입구가 함께" 존재하고 있는 점에 주목하고 있습니다. 타크나에서 시인은 경계를 통한 구별이 불가능하며, 또 그것이 반드시 필요한 문제도 아니라는 점을 보여 주고자 합니다. 오히려 그가 발견하는 것은 "아이들 웃음소리" 또는 "몰래 흘리는 눈물"처럼 우리 삶에 내재한, 그래서 어떤 기준으로도 경계를 나눌 수 없고 누구에게나 동일하게 받아들일 수밖에 없는 가치들뿐입니다. 이렇게 이윤정 시인은 '경계'에 대한 인식이 시적 세계의 출발이자 지향점이라는 사실을 명확하게 보여 주고 있습니다.

겨울 들판으로 밀물이 몰려든다
풀물이 다 빠진 들판에 발굽이 조개껍질처럼 묻혔다
부딪치는 동안 짧은 호흡으로 휘청거리는 영역을 키워
내는 것들
만조 든 안쪽엔 유목의 젖을 빨던 입들
발원지를 나와 긴 울타리를 넘어 거품 속으로 사라졌다

끊임없이 옮겨 다니는 발에는 물갈퀴가 있어
초원 저편으로 밀려가 물렁한 폐각이 되거나
들판 어느 곳에 각인을 새겨 놓고 돌아오는 것은 아닐까

흩어진 물의 조각을 순식간에 읽어 낸 담담한 표정으로
가장 순한 부분을 깨워 열고 닫히는 바닥의 경계
그곳에 소란스런 숨들이 뿌리를 내리고 있다
　　　　　　　　　　　　　　　　　　　　—「조간대」 부분

　‘경계’의 감각으로 『세상의 모든 달은 고래가 낳았다』를
읽는다면 앞선 「타크나 흰 구름」과 더불어 이 작품을 하나
의 이정표로 삼을 수 있을 것 같습니다. 시적 대상이면서
작품 전체의 배경이기도 한 ‘조간대’는 간만의 변화에 따라
바닷물에 잠겨 있기도 하고 다시 육지처럼 드러나기도 하
는 해안가의 특정 지역을 말합니다. 따라서 육지와 바다의
두 조건이 만나는 곳이기에 여기서 살아가는 생명체들로서
는 그만큼 완전히 다른 두 개의 환경 조건을 견뎌 내야 하
는 곳이기도 합니다. 바로 이곳이 시인의 눈에 포착된 또
다른 ‘경계’입니다. ‘경계’에 주목해서 ‘조간대’를 보게 된다
면 우리는 혼재되어 있는 여러 지리적 특징을 구별하기 위
해 집중하게 될 수밖에 없습니다. 하지만 시인의 시선을 따
라가다 보면 우리는 “소란스런 숨들이 뿌리를 내”린 채 살
아가고 있는 존재들과 공감하게 됩니다. 서로 다른 것들을
나누고 있는 ‘경계’가 아니라 서로를 받아들이며 공존할 수

있는 장으로 변모가 가능해지는 순간을 마주하게 되는 셈입니다.

　사전적 의미에서 '경계'는 사물이나 지역 등을 서로 구별하는 기준입니다. 현실에서 우리가 '경계'를 인지하게 되는 순간은 사실 나와 다른 대상을 마주한 배타적 경험을 통해서인 경우가 더 많습니다. 우리나라의 역사적 특수성을 감안한다면 '경계'는 절대로 넘어서는 안 되는 것으로서 적대와 금기, 그리고 억압과 함께 이해되기도 해 왔습니다. 하지만 이 같은 관점은 실제 '경계'가 지나가는 여러 의미 지점들 그러니까 젠더나 인종, 민족 등으로 확산하면서 서로 다른 것들이 관계 맺는 양상에 보다 주목하고 있습니다. 심지어 '국경'처럼 그동안 가장 명확한 '경계'의 의미로 받아들였던 경우를 포함해서 말입니다. '혼종성(hybridity)'을 내세워 서구 중심의 사고가 가진 한계를 넘고자 했던 호미 바바는 국가의 의미를 아예 '양가성의 구조'라고 새롭게 정의하기도 했습니다. 그리고 그것을 가능하게 만드는 것으로써 '경계(boundary)'를 주목했는데, 이것은 앞서 살펴본 것처럼 이윤정 시인이 주목한 '타크나'의 모습을 단박에 떠올리게 만듭니다. 또한 '조간대'에 이르면 시인은 배타적 의미만을 거듭 확인하는 원칙으로서의 '경계'가 아니라, 우리가 가지고 있는 "가장 순한 부분"을 맞댄 채 아주 작은 의미들에도 반응하는 가능성으로서의 공간을 발견해 내고 있는 것입니다. 이제 '경계에 대한 인식'은 이윤정 시인의 특질이면서 동시에 시집 『세상의 모든 달은 고래가 낳았다』 전체를 관

통하는 하나의 미학적 태도로 확장되기도 합니다.

얼룩은 얼룩을 오해한다
파랑에 파랑 꽃 피는 것을 오해하고
낯빛 다른 것끼리 섞이다 말라 가는 눈물을 오해한다
스며드는 건 혼자가 아니다
흩어지는 얼굴은 가만히 보면 하나가 되려는 얼굴이다
얼룩은 입에 돋는 가시를 오해하고
받침 떨어진 그의 언어를 오해하고
진실로부터 멀어지려는 몸짓을 오해한다
얼룩과 입술의 차가움은 서로 닮아 있다
닮아 가는 손짓을 오해하는 얼룩도 있다

얼굴 맞대고 생각하는 동안 얼룩은 뒷덜미로 옮겨 앉는
다
붙어 있는 등이 가렵다

얼룩이 얼룩을 이해할 때
그림자는 지워져 간다
햇빛 속 빛바랜 얼굴로 앉아 나는 어제를 이해한다
어깨에 얹힌 손이 나누지 못한 악수를 이해할까
자세를 바꾸어 그의 등을 긁는다
그의 목소리는 뒷덜미에서 더 화사하다
얼룩을 이해할 때 목소리는 다정하다

나는 책 속으로 들어가 물기를 지운다

불필요한 말이 삭제되고 하나가 된다

나는 얼룩져 단단해진 그의 문장이 되어 나온다

—「불신의 무늬」 전문

'얼룩'에 새로운 의미를 부여하고 있는 이 작품을 저는 여러 번 읽게 되었습니다. 시인의 시선이 아름답게 느껴졌기 때문입니다. 먼저, 일상의 장면들에서 '얼룩'을 확인한다는 것의 의미를 생각해 볼 수 있겠습니다. 그 첫 단계는 우리 스스로 본질이라고 믿고 있는 영역에 대한 확실성입니다. 그래야 그 안으로 이질적인 것들이 틈입하게 되었을 때 바로 '얼룩'으로 인식하게 될 테니까요. '얼룩'의 인식 과정에는 이처럼 선택과 배제의 위계 논리가 작동하고 있습니다. 하지만 시인은 '얼룩'을 대하는 우리의 인식이 '오해'가 반복되는 과정으로 이해합니다. '얼룩'은 한쪽이 다른 쪽을 망가뜨리거나 기능 불능의 상태로 만드는 것이 아니라 그저 "다른 것끼리 섞이"는 것뿐이며, 서로가 서로에게 "스며드는" 것일 뿐입니다. 말하자면 '얼룩'을 받아들이고 그것을 우리가 스스로 자신의 "뒷덜미로 옮겨" 항상 같이하는 것으로 만들 수 있어야 한다는 것입니다. 그렇게 "얼룩을 이해" 하게 된다면 나와 다른 것을 배제해 온 현실의 원칙이 드리우고 있는 '그림자' 또한 지울 수 있게 될지도 모르겠습니다.

그렇다면 "자세를 바꾸어 그의 등을 긁는" 장면이나 "그의 목소리는 뒷덜미에서 더 화사하다"고 말하는 시인의 목소리를 어떻게 받아들일 수 있는지 함께 모여 이야기 나누고 싶어집니다. 저라면 이 장면이 나와 타인을 구별해 왔던 경계가 무력화되고, 나와 타인의 욕망이 함께 긍정되는 그래서 불가능하게만 여겨 왔던 모습이 구현된 것이라고 말하고 싶습니다. 순수한 자아란 결코 존재할 수 없으며, 따라서 외부의 대상들 그러니까 타자라는 '이질적 얼룩'을 우리는 결코 지워 낼 수 없다는 프로이트의 말을 떠올려 본다면 더욱 흥미로워지기만 합니다. 이윤정 시인이 '얼룩'을 대하고 있는 태도와 일치하고 있기 때문입니다.

이 같은 모습은 마지막에 이르러 아름답게 극대화됩니다. 현실이라면 물에 젖은 책에 생긴 '얼룩'이야말로 피하고 싶은 것 중에 하나입니다. 단순히 '얼룩'만 생기고 마는 것이 아니라 페이지끼리 달라붙기라도 한다면 그 부분은 읽을 수도 없게 책이 훼손되기 때문입니다. 그런데 시인은 그 같은 상황을 "불필요한 말이 삭제되고 하나가" 되는 장면으로 읽어 냅니다. 이처럼 그에게 '얼룩'은 '나'와 '그'를 오히려 "단단해"지게 만드는 결정적인 계기가 됩니다.

2. 경계 너머의 타인

'조간대'나 '얼룩'과 같은 시적 대상을 통해 이윤정 시인의 '경계'에 대한 인식이 어떻게 확대되어 가며 또 그것이 어떤 미학적 경험을 만들어 내고 있는지를 살펴보았습니다. 이 같은 시적 인식을 수용한다면 『세상의 모든 달은 고래가 낳았다』에 수록된 많은 작품들의 의미에 보다 가까이 다가갈 수 있게 됩니다. 손자와 놀아 주고 있는 노인의 모습처럼 놀이터에서 흔하게 마주칠 수 있는 장면을 다루고 있는 「양쪽의 속도」를 예로 들어 보자면 이렇습니다. 시인은 시소를 타면서 놀고 있는 아이들을 불고 있는 "바람 속도"와 견주면서 속도감 있게 묘사합니다. 그런데 우리가 '미친 듯이 바람이 분다'고 말하는 것처럼 바람의 속도는 빠를수록 그만큼 방향성은 일관되지 않습니다. 따라서 놀이를 즐기고 있는 아이들의 모습에서 빠르게 지나가는 시간을 느끼게 되는 순간, 바람이 그런 것처럼 장면의 방향 역시 바뀌게 되면서 "중년의 속도" 와 만나게 됩니다. 이처럼 시인은 '젊음'과 '늙어 간다는 것' 사이에 단단하게 그어져 있던 '경계'에 주목한 뒤 그것을 허물고 뒤섞어 가면서 결국 노인과 아이의 모습에서 "서로 닮아 가는 얼굴"을 발견해 내기에 이르게 됩니다. 이 같은 방식은 쿠바의 '아바나'를 삶의 배경으로 가지고 있는 두 사람, 그러니까 헤밍웨이와 체 게바라 간에 '경계'를 넘어 주고받는 가상의 편지 내용이 등장한 「아바나 편지」도 흥미롭게 읽을 수 있도록 만들어 줍니다.

하지만 여기에서 더욱 중요한 사실을 말해야겠습니다. 이윤정 시인의 '경계'에 대한 인식은 결국 그 '경계' 너머 언제나 마주하고 있었던 '타인'을 감각하는 데로 나아간다는 점입니다. 시인이 보여 주는 '경계'를 마주한 우리 역시 만일 '타인'에 도달하지 못한다면, 우리가 앞서 확인해 왔던 시인의 인식은 어쩌면 그렇게 중요하지 않은 것일지도 모릅니다.

지팡이를 짚을 때마다 빈 풍경의 각도가 눈앞을 막는다

더 이상의 숫자로 얼굴을 볼 수 없고
옮겨 온 풍경을 귀로 듣는 날들
한 번쯤 보았던 계절이 손끝으로 지나가고 있다
멈춘 나이는 숫자로 접히고
손가락 사이로 날아가는 것들은 모두 색깔이 없다

하얀 지팡이가 타닥타닥 몇 단으로 접히는 저녁이 손에
있을 뿐
눈 바깥에서 비행기가 날고 꽃잎 흔들리는 곳에 나비는
앉아 있겠지

지금쯤 태양을 가린 달은 제자리로 돌아가 있을까
익숙한 얼굴이 없는 밤을 걸어가는 세상은 온통 경계다
—「귀로 듣는 풍경」부분

이 작품에서 시인은 시각장애인의 행보를 따라가고 있습니다. 시인은 영화에서 종종 볼 수 있는 것처럼 인물에 밀착된 카메라의 시선으로 주인공의 한 걸음 한 걸음을 세밀하게 그려 냅니다. 작품에서 주인공은 시각장애인용 지팡이를 이용해 길을 나섰습니다. 그런데 조금 이상한 일이 벌어집니다. 지팡이를 사용해서 길을 걸을 때마다 바로 그 지팡이가 짚는 것들이 "날아가거나 사라지"고 있기 때문입니다.

우리가 흰 지팡이라고 부르는 시각장애인용 지팡이는 미국의 한 안과 의사가 개발했습니다. 그런데 그 '흰 지팡이'는 시각장애인임을 알리는 표지일 뿐만 아니라 사용자가 스스로 보행을 할 수 있다는 자주성의 상징이라는 것도 많은 사람들이 알고 있는지 궁금합니다. 따라서 도로의 표지 시설이나 건물의 구조 등이 지팡이를 사용하는 행위에 방해되지 않도록 정비하고 세심하게 갖추는 일은 사회의 의무입니다. 지하철이나 버스 노선을 개통하고, 학교를 만들어 교육을 책임지는 등 사회적 시설들이 전체 구성원들에게 자립해서 살아갈 수 있도록 도움을 주는 것처럼 말입니다.

그런데 시각장애인을 위한 시설들이 사회적 약자에게 도움을 주는 특혜일 뿐이라고 생각하는 사람들이 의외로 많다는 것을 확인할 때가 종종 있습니다. 이들에게 장애인을 위한 시설들은 상황의 변화에 따라 언제나 후순위로 밀려나거나, 더 이상 유지할 필요가 없다는 결정의 논리가 되곤 합니다. 이 작품에서 지팡이가 짚을 때마다 그것들이 사라져 버리는 장면은 바로 이와 같은 비장애의 조건을 중심으로 생각하는 우리의 편협한 시각 때문에 벌어지는 일을 강조해서 보여 주고 있습니다. 만일 시각장애인에게 "지팡이를 짚을 때마다 빈 풍경의 각도가 눈앞을 막는다"면 어떤 장애물조차 식별할 수 없는 그야말로 최악의 재난 상황이라고 할 수 있을 것입니다. 시각장애인용 지팡이를 짚을 때 또는 접을 때 나는 소리를 적극적으로 활용하고 있는 것도 인상적입니다. 눈으로 정보를 확인하기 힘든 주인공에게 그것은 세계를 판단하기 위한 기준들과 직접적으로 연관되어 있겠지만, 비장애인에게는 자신과 다른 존재를 구별하는 단순한 정보일 뿐입니다. 말하자면 "하얀 지팡이가 타닥타닥 몇 단으로 접히는" 소리는 주인공과 독자의 '경계'입니다. 앞서 확인해 봤던 것처럼, 이윤정 시인의 인식을 따라 그 '경계'를 넘는다면 우리는 어떤 구별도 없는 존재로서의 '인간'을 발견할 수 있을 것입니다. 하지만 끝내 경계선 안에 머문다면 우리는 그 너머의 타인에게 "온통 경계"로만 만들어진 재난의 세상을 보여 주게 될 뿐입니다.

한 점 불빛을 켜고 떠돌다 앉은 무허가 공터는 지금 이사
철이다 점점의 불빛 등을 켜고 낯선 들판으로 떠밀리다 낙
하하는 지점에 낮은 지붕을 세운다 이삿짐은 바람 앞에서
생각에 잠겨 있다 단칸방 짐은 전입할 주소지가 없어 구르
는 바퀴에서 흔들린다 꽃밭을 가져 보지 못한 꽃 풍향은 꽃
들에게 가서 소멸하고 뿌리는 발 디딜 한 뼘 바닥을 찾는다
—「풍등(風燈)」부분

한밤 모두 잠든 시간
아코디언 소리가 난다
폈다 오므렸다 하루를 반복하는 무릎의 하모니

어슴푸레한 상처의 퍼즐을 맞추며
나는 오늘 밤도 계단을 오른다

수많은 발자국의 말을 다 받아 준
계단은 입을 봉합하고 통증을 아픔이라 하지 않는다
오를수록 가난한 사람들이 살고 있는
맨 꼭대기에서
가끔 내가 흘려 버린 것들을 발견하고 주머니에 넣는다
　　　　　　　　　　　　　　　—「계단의 기원」 부분

'경계'에서 시작된 이윤정 시인의 시선은 이렇게 '타인'에
도달하고 있습니다. 그는 "모든 존재는 바깥을 향해 출구
를 만들"어야 한다는 다짐을 직접 드러내기도 하고(「가시」),
타인과의 대화를 투수와 포수의 상황에 빗대어 "나의 질문
이 날아가 정확한 자리에 착지할 때 당신의 응답은 어떤 선
으로 이어"지는지에 대해서 골몰해 보기도 합니다(「포물선」).
위의 작품들에서 우리는 타인에 대한 시인의 예민한 관심
을 보다 구체적으로 살펴볼 수 있습니다.
　먼저 「풍등」에는 살 집을 구할 수 없어 "무허가" 공간을
전전할 수밖에 없는 사람들의 모습이 등장합니다. 그리고
「계단의 기원」 역시 옥탑방에서 살아가는 사람을 보여 주고
있는데, 이렇게 두 작품 모두 경제적 문제로 인해 사회에서
소외된 계층을 대상으로 하고 있습니다. 흔히 '풍등'은 소망
이나 기원을 담아 날리곤 합니다. 작지만 어둠을 밝히는 불

빛을 달고 하늘 위로 날아가는 모습이 희망적으로 보이기 때문인지도 모르겠습니다. 하지만 시인이 주목하고 있는 것은 그 '풍등'이 날아가는 모습이 아니라 "떠돌다 앉은 무허가 공터"입니다. '풍등'에 담긴 작은 희망조차 이루지 못하고 "떠밀리다 낙하하는 지점"에서 살아가는 사람들의 모습은 어쩌면 시인 덕분에 우리가 처음으로 목격하게 되었을지도 모르겠습니다. 그것은 '옥탑'을 오르는 사람들이 가진 "짐작할 수 없는 상처"로 인해 '무릎'에서 나는 소리를 듣게 된 것 역시 마찬가지일 겁니다.

그들을 통해서 우리 사회가 안고 있는 경제적 불평등이나 사회적 안전망의 미비 등 그 문제점을 지적하는 것은 비교적 쉬운 일입니다. 하지만 그 대책을 마련해야 한다는 사회적 정의 역시 그만큼 쉽게 다루어지고 있다는 것이 진짜 문제인지도 모르겠습니다. 환경 파괴의 문제점을 지적하면서도 발전을 멈출 수는 없다고 믿고 있으며, 눈앞의 경제적 차별을 목격하면서도 "고층 아파트"를 더 건설하는 것이 그 대책이라고 선언하는 것처럼 말입니다.

따라서 경제적 불평등의 문제를 구조적으로 안고 있는 지금 우리에게 중요한 것은 무엇인지 생각해 보았으면 좋겠습니다. 당연히 실질적 대책을 만드는 것이 답이라고 할 수도 있겠습니다. 하지만 그보다는 불평등의 해소가 사회적 합의의 결과에서 벗어나지 않도록 하기 위해서라면 사회적 약자들의 모습을 '나의 얼룩'으로 받아들이는 것이 선행되어야 하지 않을까요. '타인'에 대한 공감만이 우리 사회를 변모시킬 수 있는 유일한 해법이라고 저는 믿습니다. 이윤정 시인이 '타인'의 존재에 대해 예민한 감각을 보여 주는 이유도 여기에서 찾을 수 있습니다. 그리고 이것은 시문학이 존재해야 하는 유일한 목적이기도 합니다.

3. 삶에 대한 질문

이윤정 시인의 첫 시집 『세상의 모든 달은 고래가 낳았다』를 이렇게 읽어 보았습니다. 미처 언급하지 못한 많은 작품들은 조금 다른 방식으로 아껴 가면서 읽을 수도 있겠습니다. 하지만 그럼에도 가장 강조하고 싶은 것은 '타인'을 발견하고 나아가 어떤 위계도 없이 내 안에서 '타인'과 뒤섞이며 만들어 내는 가능성입니다. 물론 그것이 세상을 살아가는 데에 편리를 주는 직접적인 도움이 되거나, 또는 세상의 모든 불의를 없애는 거대한 목적을 달성하게 만들어 준다고 말할 수는 없을지도 모르겠습니다. 하지만 앞에서도 강조한 것처럼, '타인'을 나의 삶 안으로 진정 받아들이지 못한다면 우리는 인간적 삶을 향해서 단 한 걸음도 옮기지 못할 것은 확실해 보입니다.

같은 행성을 돌고 있는 우리
깊은 울렁증으로 잠시 흔들린다

그때 내 몸의 축이 살짝 기울어지는 쪽으로
한 사람의 무게가 있다

이성의 영역 안에 당연한 것처럼 그어져 있었던 '경계'들을 새롭게 인식하고 나아가 '타인'을 향한 시인의 예민한 감각은 이처럼 결국 다른 삶의 모습들과 함께 "흔들"리고 "기울어지"면서 공명합니다. 그 순간에 느끼는 "한 사람의 무게"는 우리에게 인간적 삶이 무엇인지 끝없이 질문하게 만드는 유일한 힘이기 때문입니다.